「男らしさ」のイデオロギーへの挑戦

――ジェンダーの視点からメルヴィルを読む――

髙橋 愛

Defiance to the Ideology of "Manhood":
Reading Melville from a Perspective of Gender

晃洋書房

目　次

序章

ハーマン・メルヴィルの作品は、発表当時から現代にいたるまで、男性的なものととらえられる傾向がある。この傾向は読者のみに見られるものではなく、メルヴィル本人も自分の作品は男性向けだと考えていたようである。そのことは、友人のサラ・モアウッドに宛てた一八五一年九月十二日または十九日付とされる書簡の中で、『モービィ・ディック、あるいは鯨』(*Moby-Dick; or, The Whale*, 1851:以下『白鯨』)は「上品で女性的なスピタルフィールズ織りの絹のような一編」(*Correspondence* 206)ではないため読むべきではないと忠告していた点にうかがえる。また、ナサニエル・ホーソーンの妻ソファイア宛ての一八五二年一月八日付の書簡では「たしかに男性の中にはあの本を楽しんだとおっしゃる方はいましたが、女性ではあなただけです。――一般論として、女性は海のことをあまり好みませんから」(*Correspondence* 219:強調原文)と述べ、『白鯨』に対する彼女の好意的反応に驚きを示したことも、自らの作品についての彼の見解を示すものである。こうしたメルヴィル自身の発言を踏まえると、海の男たちの世界が描かれるその他の作品も女性よりは男性向けのものであるということ、リチャード・ブロドヘッド(Richard Brodhead)が『白鯨』を評した際の言葉を借りるならば、「おそろしく男性的」(9)なものということになる。

しかし、メルヴィルの作品を男性的ととらえる時、そこで想定される男らしさとはどのようなものなのだろうか。エリザベス・シュルツ(Elizabeth Schults)とハスケル・スプリンガー(Haskell Springer)が『メルヴィルと女たち』

（*Melville and Women*, 2006）の序論で批判的に示しているように、メルヴィルの文学が男性的であるということは、十九世紀当時文学市場で人気を博していた感傷的なロマンスを模した『ピエール、あるいは曖昧』（*Pierre, or The Ambiguities*, 1852）を除くほとんどの作品で女が主要人物として登場せず、それゆえ女に対する関心が著しく低いように見えるということの謂である。[1] 男性的と評されるメルヴィル文学の特性は、ルイス・マンフォード（Lewis Mumford）が言うところの「海に関するある欠点」（201）、すなわち、女の不在という点から自明とされてきたものにすぎない。

メルヴィルがその作品の中でどのような男らしさを描いているのかという点は、実のところこれまでなおざりにされてきたように思われる。また、「叩き上げの男らしさ《セルフメイド・マンフッド》」や「本物の女らしさ《トゥルー・ウーマンフッド》」に象徴されるジェンダー観や、「正しいセクシュアリティ」、すなわち、「終身的な単婚《モノガミー》を前提として、社会でヘゲモニーをえている階層を再生産する家庭内のセクシュアリティ」（竹村三七〜三八）が規定され強化されていった時代を生きていたメルヴィルが、その作品の中で当時の性規範にどのような反応を示しているのかという点に関しても、議論が尽くされているとは言いがたい。しかし、十九世紀中葉における男らしさのイデオロギーは、メルヴィルのアイデンティティの根幹にあり、その影響は彼の作品にも連綿と現れている。彼がその作品を通して同時代の性規範に対して示した姿勢を解明することは、彼の文学を理解するうえで重要な点だと言える。そこで本論では、メルヴィルの初期から晩年までの散文作品を取り上げ、彼が作家として同時代の男らしさのイデオロギーにどのように応じているのかを考察していく。

ハーマン・メルヴィルの人生と作品

先述したように、メルヴィルの作品は概して男性的とみなされる。しかし、十九世紀半ばの北部ミドルクラスの白人のジェンダー観に照らしてみると、彼は同時代の他の男性作家と同じく、男としては不安定で周縁的な位置に置かれていた。デイヴィッド・レヴェレンツ（David Leverenz）によれば、後に「アメリカン・ルネサンス」という枠組みで括られることになるアンテベラム期の男性作家は、「アマチュアの紳士」という十八世紀のモデルを拒んで文学市場に参入していった世代にあたるが、ミドルクラスの男たちが市場での成功を得るために基盤としていた規範、すなわち、「実用主義」と「競合性」から逸脱する存在であった（16）。彼らはまた、文学市場においてミドルクラスの女性から成る大衆読者の間で人気を博していた女性作家たち、すなわち、ナサニエル・ホーソーンが「忌々しい物書き女ども」（Hawthorne 304）と呼んだ者たちとの分が悪い競争を強いられていた。[2] メルヴィルもそのような男性作家の一人であったわけだが、彼はどのようにして作家となり、どのような作品を文学市場に問うたのだろうか。

ハーマン・メルヴィルは、貿易商のアラン・メルヴィルとその妻マライア・ガンスヴォートの第三子の次男として、一八一九年にニューヨーク市に生まれた。[3] その出自は華々しいもので、父方母方双方の祖父が独立戦争の功労者という家であった。父方の祖父トマス・メルヴィルは、ボストン茶会事件（一七七三年）に参加した後にバンカーヒルの戦い（一七七五年）で武勲を上げた人物として、かたや母方の祖父ピーター・ガンスヴォートは、一七〇〇人もの英国派による侵攻を七五〇人の兵を率いて防いだことから「スタンウィクス要塞の英雄」として知られていた。第四長編『レッドバーン――その初航海、ある紳士の息子の商船での水夫見習いとしての告白と回想』（*Redburn,*

His First Voyage: Being the Sailor-boy Confessions and Reminiscences of the Son-of-a-Gentleman, in the Merchant Service, 1849）の主人公ウェリンバラ・レッドバーンが回想する幼少時代と同様、メルヴィルの生活も幼少期には恵まれたものであった。しかし、彼が十一歳の時に父アランが事業に失敗し破産したことでその生活は一変する。破産から二年後の一八三二年にアランが精神錯乱のうちに死亡したため、彼は兄のガンスヴォートとともに学校を辞め、家計を支えなければならなくなった。彼は、銀行員、農場手伝い、教員と職を転々とした後、一八三九年に二十歳でリヴァプール行きの商船セント・ローレンス号の船員となり、その翌年の十二月末には捕鯨船アクシュネット号と乗船契約を結び、年が明けると太平洋へと旅立った。しかし、彼は洋上での過酷な生活に耐えきれずマルケサス諸島のヌクヒヴァ島で棄船し、そこに一ヶ月ほど滞在した。その後、乗り組んだオーストラリアの捕鯨船ルーシー・アン号での反逆罪の嫌疑に基づくタヒチでの拘束、エイメオ島での放浪、ハワイ滞在を経て、アメリカ海軍の旗艦船合衆国号に二等水兵として乗り組み、一八四四年に二十五歳で帰国を果たした。職を転々とした末に平水夫となったメルヴィルは、当時の作家としては異色の経歴を持っていたと言える。

帰国後、彼は家族らの後押しを受け、ヌクヒヴァでの体験をもとに『タイピー――ポリネシアの生活瞥見』（*Typee: A Peep at Polynesian Life,* 1846）の執筆を始め、一八四六年にこれを発表すると好評を博した。しかし同年、父の死後には一家の家計を支え、また、『タイピー』の出版のために奔走もしてくれた兄ガンスヴォートがロンドンで客死したため、彼が一家の大黒柱としての責任を負うことになった。翌年には、タヒチでの体験をもとにした二作目の『オムー――南海での冒険の物語』（*Omoo: A Narrative of Adventures in the South Seas,* 1847）も市場から好意的に迎えられ、また、同年八月には父の旧友でマサチューセッツ州判事を務めていたレミュエル・ショーの娘エリザベスと結婚したことから、彼の前途は洋々かと思われた。妻帯者となり大黒柱としての責任がさらに重くなる中、三作目の『マーディ――そして彼方への航海』（*Mardi, and A Voyage Thither,* 1849）では平水夫の冒険や生活ではなく寓意に満ちた探索の航海を描いたが、評判を得ることはできなかった。

文学性を追求しようとした『マーディ』の不評以降、メルヴィルは「ドルに呪われている」という状態、すなわち、「私が書きたいと心底から思うもの、それは禁じられています――それは金にならないのです」（*Correspondence* 191）と語られるような売れるものと自分が書きたいと思うものとの間の板挟みの状態に陥る。[4]『マーディ』の商業的失敗により家計が逼迫し、また、長男マルコムの誕生で扶養家族がさらに増えたことから、彼は文学市場での成功が見込める作風に立ち返った。そのようにして生み出されたのが、商船の船員としてリヴァプールに渡った体験をもとにした『レッドバーン』と、合衆国号での航海をもとにした『ホワイト・ジャケット、あるいは軍艦の世界』（*White-Jacket, or, The World in a Man-of-War*, 1850）である。

その後、彼は自分が書きたいものを書くという方向へと再び舵を切り、『白鯨』と『ピエール』という文学性を追求した作品を世に問うたが、これらの作品が好評を博すことはなかった。特に『ピエール』は酷評され、この作品の失敗により彼が長編作家として活動していく道は事実上閉ざされることとなる。そこで彼は、『ハーパーズ・ニュー・マンスリー・マガジン』（*Harper's New Monthly Magazine*）誌と『パトナムズ・マンスリー・マガジン』（*Putnam's Monthly Magazine*）誌への寄稿に文学市場で生き残るための活路を求めた。『パトナムズ』誌で発表した作品からは、独立戦争に従軍したアメリカ人青年の波瀾万丈の生涯を描いた『イズラエル・ポッター――その五十年の流浪』（*Israel Potter: His Fifty Years of Exile*, 1855）、さらに、「書記バートルビー」（"Bartleby, the Scrivener"）、「ベニト・セレノ」（"Benito Cereno"）、「避雷針売りの男」（"The Lightning-Rod Man"）、「エンカンターダ諸島」（"The Encantadas"）、「鐘塔」（"The Bell-Tower"）の五編に書き下ろしの「ピアッザ」（"The Piazza"）を加えた『ピアッザ物語』（*The Piazza Tales*, 1856）が書籍化されている。しかし、好条件で迎えられたという雑誌への寄稿をもってしてもメルヴィルの経済状況が好転することはなかった。その後ミシシッピ川を航行する船で乗客を欺く詐欺師の姿を描いた

『信用詐欺師――その仮装』(*The Confidence-Man: His Masquerade*, 1857)で散文の筆を折ると「ローマの彫像」や「南海」といったテーマで講演を行い、文筆活動では詩作に転じて南北戦争(1861-65年)を題材にした『戦闘詩篇と戦争の諸相』(*Battle Pieces and Aspects of the War*, 1866)を発表した。しかし、作家としての活動では家計を支えられず、彼は四十七歳にして官職を得て、妻エリザベスが継母の遺産を譲り受けるまでの十九年間をニューヨーク税関の検査官として過ごした。税関勤めをしていた頃には、聖地巡礼の旅を描いた『クラレル――聖地の詩と巡礼』(*Clarel: A Poem and Pilgrimage in the Holy Land*, 1876)、退職後には『ジョン・マーとその他の水夫たち』(*John Marr and Other Sailors*, 1888)や『ティモレオン』(*Timoleon*, 1891)を刊行したが、いずれの詩集も市場には出回らなかった。彼はまた、退職してからは『水夫ビリー・バッド(秘話)』(*Billy Budd, Sailor* [*An Inside Narrative*], 1924)の執筆を行っていたとされる。その草稿は彼の死後に発見されたが、一九二〇年代に入ってから彼が再評価されるようになるまで、出版されることはなかった。

晩年には彼の作品を高く評価する読者が少数だが現れるようになり、特にイギリスではカルト的な人気を集めるようにもなった。しかし、『タイピー』の出版後に世間から浴びたような脚光を存命中に再び浴びることはなかった。一八九一年に亡くなった時には『クラレル』出版後も彼が生きていたという事実に対する驚きが表明されるような状態で、例えば『プレス』(*The Press*)紙の死亡記事では、「かつての人気作家」であるが表舞台から長らく退いていたために「同世代の人ですら彼は死んだと思っていただろう」(Leyda 836)と伝えられた。

メルヴィルは、「メルヴィル・リヴァイヴァル」と呼ばれる一九二〇年代に起こった再評価を経て、アメリカ文学を代表する作家とみなされるようになった。一九八〇年代にアメリカ文学を再考しようとする動きが起こったが、彼はその際にも、工業化、「文明化」の名を借りた拡張主義、あるいは、奴隷制など近代化の進むアメリカ社会が抱えていた問題を批判的にとらえようとしたという評価がなされ、アメリカの古典的大作家としての地位を確固たるものにしている。現在では正典作家として認められているものの、彼は作家として成功しようと奮闘し続けながらも存命中にはそれを叶えることができなかった。存命中に身を立てきれなかった彼は、同時代の北部ミドルクラス社会に浸透していた通念に従うならば、男らしいとは言いがたい存在であったと言えよう。

ジェンダーおよびセクシュアリティの観点からみたメルヴィルの文学

一九八〇年代後半以降、メルヴィル研究の分野でもジェンダー研究やクィア理論に依拠した研究が発表されるようになるが、それ以前から、メルヴィル文学に登場する男たちによる規範的な性の有り様からの逸脱は、少なからぬ読者を惹きつける要素となっていた。再評価が起こる以前から『白鯨』などの作品に潜む同性愛のイメージに反応していた若者がいたとローリー・ロバートソン＝ローラン（Laurie Robertson-Lorant）が指摘しているように（Robertson-Lorant, *Melville* 614）、また、再評価以降にも「メルヴィルの墓にて」（"At Melville's Tomb," 1925）を書いたハート・クレインをはじめとするゲイの作家から彼の作品が高く評価されたことにうかがえるように（Martin, "Herman Melville" 475）、作品の中で陰に陽に描かれるホモエロティシズムは、メルヴィル文学の特徴的な要素の一つととらえられてきた。事実、メルヴィル文学におけるホモエロティシズムは、F・O・マシーセン（F. O. Matthiessen）やニュートン・アーヴィン（Newton Arvin）など、アメリカ文学におけるメルヴィルの正典化に関わった批評家たちによっても示唆されている。[5]

しかし、メルヴィルと彼の作品のセクシュアリティをめぐる問題が敢然と提起されることは、一九八〇年代後半に入るまでは稀であった。メルヴィル自身のセクシュアリティについては彼のホーソーンへの思慕の情を通して、具体的には「ヴァーモントで七月を過ごすヴァージニア人」と称して『リテラリー・ワールド』（*Literary World*）

誌の一八五〇年八月十七日号と八月二四日号に連載した「ホーソーンと彼の苔」(“Hawthorne and His Mosses,” 1850)や書簡の中での表現を通して関心が寄せられてきたが、彼の先輩作家に対する感情が同性愛的なものであると八〇年代以前に断言したのは、『メルヴィル』(*Melville,* 1975)を著したエドウィン・ハヴィランド・ミラー(Edwin Haviland Miller)くらいであろう。彼の作品におけるセクシュアリティの表象に関しても、レスリー・A・フィードラー(Leslie A. Fiedler)の『アメリカ文学における愛と死』(*Love and Death in the American Novel* 1960)で、異性愛を扱いかねたために死や近親姦や同性愛に執心してきたアメリカ文学の例として、『ピエール』、『白鯨』、『水夫ビリー・バッド』が取り上げられた程度である。

ところが、一九八〇年代後半になってジェンダーやセクシュアリティをめぐる問題への関心が高まってくると、イヴ・コゾフスキー・セジウィック(Eve Kosofsky Sedgwick)が『クローゼットの認識論』(*Epistemology of the Closet,* 1990)において『水夫ビリー・バッド』を論じたほか、メルヴィル研究においても、ロバート・K・マーティン(Robert K. Martin)の『主人公、船長、他者』(*Hero, Captain, and Stranger,* 1986)やジェイムズ・クリーチ(James Creech)の『クローゼット・ライティング/ゲイ・リーディング』(*Closet Writing / Gay Reading,* 1993)など、メルヴィルの小説をセクシュアリティの観点から論じた研究が発表され、異性愛主義の規範から逸脱する男の欲望が彼の文学に書き込まれているということが詳らかにされてきた。これらの先駆的な研究を経て、セクシュアリティをめぐる問題はメルヴィル研究におけるテーマの一つと位置づけられ、研究が進められていくこととなった。

他方、メルヴィル文学のジェンダーをめぐる問題に関しては、女性登場人物や作品に書き込まれた女性的なものに目を向けてこなかった過去の研究に対する異議申し立てが行われてきた。この流れは、シュルツとスプリンガーの『メルヴィルと女たち』に結実し、家族や同時代の作家など周囲の女たちとメルヴィルの関係に関する伝記的要素や彼の作品における女性的な要素が広く論じられている。また、男性的とされるものをめぐっても、メルヴィルが同時代の他の作家と同様、十九世紀中葉の北部ミドルクラス社会に浸透していた規範に対する抵抗を作品の中で示していたとの指摘がなされている。例えば、レヴェレンツは『男らしさとアメリカン・ルネサンス』（*Manhood and the American Renaissance*, 1989）において、『白鯨』に書き込まれているナルシシズムと逸脱性について論じている。彼は、自己破滅の欲望を内包させているという点でエイハブはイシュメールと分身の関係であると指摘したうえ、第一一九章「蝋燭」（"The Candle"）の中で言及されるエイハブの「女王のごとき人格」（*Moby-Dick* 507）について分析を行っている（Leverenz 279-306）。また、デイヴィッド・グレヴェン（David Greven）は、『欲望をこえる男たち』（*Men beyond Desire*, 2005）において、『水夫ビリー・バッド』が男の友愛《フラタニティ》と欲望を扱った究極の作品であるとともにアンテベラム期の性の政治に対する批判の書にもなっていると主張した（Greven, *Men* 193-218）。さらにグレヴェンは、『アンテベラム期アメリカ文学におけるジェンダーの抗議と同性への欲望』（*Gender Protest and Same-Sex Desire in Antebellum American Literature*, 2014）においても、『レッドバーン』に登場するネルソン記念碑に同性愛的関係性が潜んでいることを示し、ハリー・ボルトンとの同性愛的関係に向かおうとする主人公レッドバーンの姿に当時の性規範への抵抗が見られると論じている（Greven, *Gender Protect* 165-95）。レヴェレンツやグレヴェンの研究は、男のジェンダーをめぐる問題を等閑視してきたメルヴィル研究にとって画期的なものである。しかし彼らの研究をもってしても、メルヴィル文学における男のジェンダーについての問題が議論し尽くされたとは言いがたい。メルヴィルの散文作品を通時的に眺めてみると、『レッドバーン』のような初期の作品にも、遺作である『水夫ビリー・バッド』にも、十九世紀当時の性規範に対する抵抗を見出すことができる。このことから彼は作家としてのキャリアを通して同時代の性規範への抵抗を作品に書き込んでいたと考えられるわけだが、レヴェレンツもグレヴェンも、アンテベラム期のアメリカ文学という枠組みの中で、つまり、ラルフ・ウォルドー・エマソンやナサニエル・ホーソーンなど十九世紀中葉に活躍していた作家の作品とともにメルヴィルの作品の一つを論じるにとどまっている。そのため、メルヴィルが作家として同時代の男らしさのイデオロギーとどのように向きあっていたのか、また、そのイデオロギーに対する彼の抵抗の戦略がそのキャリアを通してどのような変化を見せているのかという点についての議論はまだ十分ではない。さらに彼らの議論は、男の性的な欲望、すなわち、セクシュアリティに関心を寄せたものとなっている。異性愛主義では非規範的となる欲望が男らしさのイデオロギーへの抵抗の契機となっているという議論には首肯するが、男らしさを構築するのは欲望ばかりではない。男らしさは、性格的特性、その特性を証明するようなふるまい、身体性によって構築されるものでもある。メルヴィル文学における男らしさについて論じるには、セクシュアリティばかりでなく、それ以外の構成要素に対して彼が示した反応も分析する必要がある。

北部ミドルクラス社会における男らしさ

マイケル・S・キンメル（Michael S. Kimmel）が指摘するように、男らしさとは、時代、階級、人種、地域といった要素に左右される多様なものであるが（3-4）、本論では、メルヴィルが作家としてのキャリアを通して向きあった男らしさのイデオロギーとして、十九世紀中葉に北部のミドルクラスの白人が想定していたものに焦点を当てる。この男らしさの概念を構成していたのは、少年と対比される大人の男としての性格的特性とそれに基づくふるまい、女と対比される性格的特性とそれに基づくふるまい、さらに正常あるいは標準とみなされる身体である。

まず少年と対比される特性とは、植民地時代から二十世紀初めまでの「アメリカ的な男らしさ」の通念の変遷について論じたアンソニー・ロタンド（Anthony Rotundo）の分類に従うならば、植民地時代の「共同体的な男らしさ」から引き継がれているものということになる。植民地時代において男らしさとは、「養うべき者が大勢いる世帯に対して責任を負う謹直で保守的な父親」(Lombard 9) というイメージに集約される。「結婚、独立した世帯、父親であること」(McCurdy 6) を柱とする植民地時代の男らしさの理念では、「成熟」、「責任」、「合理性」、「自制」といった少年には欠けているとされる特性に加え、共同体内での「有用性」や「貢献」が重視された。共和国政府の誕生、市場経済の発展、ミドルクラスの拡大といった社会の変化にともない個が重視されるようになると、共同体内での役割が重視されなくなった一方で、少年と区別される性格的特性は、男らしさの資質として十九世紀にも引き継がれていった。

次に、女と対比される性格的特性とふるまいは、後にドメスティック・イデオロギーと呼ばれ批判されるようになる理念のもとで構築されていったミドルクラスのジェンダー規範、すなわち、男の場合は「叩き上げの男らしさ」、女の場合は「本物の女らしさ」として是認されていたもののことである。「叩き上げの男らしさ」とは、「アイデンティティをもっぱら公的領域での活動に求め、蓄積した富や地位、地理的・社会的移動によって判断される男らしさのモデル」(Kimmel 13) のことで、個人の出自や共同体に対する「有用性」よりもその人が市場で出した実績に重きを置くものである。[6]「敬虔」、「純潔」、「従順」、「家庭性」を支柱とする「本物の女らしさ」のイデオロギーに基づいて女が家庭という私的領域に留め置かれるようになったのに対し、[7]「フロンティアないしは市場において成功の夢を追い求める叩き上げの起業家」(Lombard 9) たる男は、理性や自制心を保ちつつ、公的領域での競争を勝ち上がっていくことが求められた。

男たちは、市場での成功には不可欠な野心や競争心や攻撃性を持つことが許容されていたが、そうした感情を臨機応変にコントロールすることも同時に求められていた。それゆえ、男らしさの資質の中でも「自制」が重視され、特にセクシュアリティの自制は平素から実践されていた。男は性衝動や性欲望を持ち能動的であるのに対し、女は、ナンシー・F・コット (Nancy F. Cott) が言うところの「性欲は希薄《パッションレス》」な状態にあるということが、十九世紀中葉のミドルクラス社会では信じられていた。[8] 性欲を持つ存在とされていたとはいっても、男たちに性的快楽の追求が認められていたわけではない。ウィリアム・オルコット（William Alcott）の『若者への指針』（*The Young Man's Guide*, 1833）をはじめとする当時の自己啓発本では健康のため性的放縦は慎むべきであると説かれ、また、シルヴェスター・グレアム——グレアム自身は、夫婦間の性交渉のような社会的に是認されたものも含む性行為全般を控えるべきであるという主張をしていたのであるが——などによる健康改革運動を通して、自慰行為は心身の健康を損なうためこれを慎むべきであるという考えが一般的になっていった。[9] このような背景から、「叩き上げの男」を目指すミドルクラスの男たちは節制に努め、禁欲的な異性愛主義を受け入れていたということになるだろう。

最後に、「正常」あるいは「標準」ととらえられる身体とは、「特異」とみなされる身体、すなわち、異人種や異民族、あるいは、身障者の身体との対比を通して構築されていったものである。「特異」な身体は、身体に対する人々の関心が高まっていく中、観相学、骨相学、「アメリカ学派民族学」といった疑似科学やフリークショーの流行により可視化された。「標準」的なアメリカ人の身体は、「科学」や見世物で展示される身体との対比を通して社会が生み出した「二項対立の構造」（Etter 5）として認識されるようになった。つまり、優等と劣等、正常と異常、健康と不健康といった二項対立の枠組みの中で知覚される身体を基盤として、「男で、白人で、障がいがなく、性的に曖昧なところのない、ミドルクラスの地位」（Thomson 64）を持つという「標準」的アメリカ人像が構築されたのである。十九世紀の身体をめぐる政治を踏まえると、「標準」的なアメリカの男であるためには無傷な身体を持つことも重要であったと言える。なお、サミュエル・オッター（Samuel Otter）が『メルヴィルの解剖学』（*Melville's Anatomies*, 1999）で指摘したように、メルヴィルは同時代の人々と同様に人体に対して強い関心を示し、それを作品に反映させている。この点からも、身体はメルヴィルが男らしさをどのようにとらえていたのかを考察するうえで重要な点となっている。

本論の概要

ジェンダーの観点からその生涯を概観すると、十九世紀・北部・白人・ミドルクラスの社会に浸透していた男らしさのイデオロギーはメルヴィルのアイデンティティに影をさし続けたと言えるだろう。ロバートソン＝ローランによれば、メルヴィルの両親はミドルクラスの典型と言えるほど上昇志向が強く（Robertson-Lorant, *Melville* 41）、例えばそれは、窮状に陥る以前にはよりランクの高い区画への転居を繰り返したという事実に現れている。[10] 社会的・経済的な地位の上昇が「叩き上げの男らしさ」の指標となっていたという点を踏まえれば、父アランは同時代の男らしさのイデオロギーの影響を強く受けていたと言える。それゆえ、両親の期待を一身に受けていた兄のガンスヴォートほどではないにしても、ハーマンもミドルクラスの価値観を両親に吹き込まれて育ったと推測される。彼は、父の死により若くして働きに出ることを余儀なくされたが、職を転々としたあげくに船乗りとして陸の社会から逃げ出しているため、二十代前半まではミドルクラスの理想の枠外にいた。しかし、兄の死により一家の大黒柱としての責任を負ったことで、彼は公的領域での成功を追い求めなければならなくなった。つまり、彼は二十代半ばを過ぎたところで、「叩き上げの男」を目指さなければならなくなったのである。しかし芸術家であった彼には、世間で成功とみなされるものを一心に追い求めることはできなかった。メルヴィルは、十九世紀中葉のミドルクラスの人々が理想とする「叩き上げの男」となるようプレッシャーをかけられながら、また、彼自身も一時はそうなろうと試みながら、そうはなれなかった人物だったと言える。

しかし、メルヴィルは「叩き上げの男」になれなかったという言い方には語弊があるかもしれない。むしろ彼は、「そうしない方がいいのですが」と言って穏便にではあるが断固としてあらゆることを拒んだ「書記バートルビー」

の標題人物のように、「叩き上げの男」にならない方がいいと考えた人物であるように見える。彼は父の破産による転落、さらに、平水夫としての生活の中での異文化体験を通して北部白人ミドルクラスの価値観が全てではないということを知り、そこから自らの文学を通して覇権的な価値観に抵抗し、なにか別なものを探求しようとしたのではないだろうか。そのような彼の姿勢は、例えば、「自制」言説のアンチテーゼと言える『白鯨』におけるイシュメールとクィークェグの友情や第九四章「手絞り」(“A Squeeze of the Hand”)で示される馥郁たる精液のイメージに象徴される男同士の親密な結びつきに現れている。

ミドルクラス社会で是認されていた性規範に抵抗するとともに、それとは別ななにかを探究しようとするメルヴィルの姿勢が、同性愛的欲望、同性愛的関係、自慰行為といった当時の規範に従えば逸脱ととらえられるものに現れていることは、ゲイ・レズビアン研究やクィア理論に依拠した議論により明らかにされてきた。例えば、マーティンは『主人公、船長、他者』において、権威あるいは西洋社会を象徴する「船長」、無垢や自然を象徴し西洋文明の外部に置かれている「褐色の他者」、そして「船長」と「他者」の間でゆれ動く「主人公」の関係が初期作品から書き込まれていると指摘した。さらに彼は、「他者」が西洋社会における異性愛のオルタナティブとして「非攻撃的な同性愛」(Martin, *Hero* 6)を示す存在であり、メルヴィルはそのような同性愛に社会を変革していく政治的可能性があると信じていたとも述べている。マーティンの研究は、メルヴィルが作家としてのキャリアを通して同時代の覇権的な性規範に対して抵抗し続けていたということをセクシュアリティの点から示した嚆矢と言える。

メルヴィルが同時代の性規範に抵抗した作家であるという点は、一九八〇年代後半以降たびたび指摘されてきたことであり、それ自体は目新しい論点ではない。しかし、十九世紀中葉の男らしさに関する規範がメルヴィルのアイデンティティに影をさし続けたものであったにもかかわらず、彼の作品を性の観点から通時的に論じた研究はマーティンを除けば見当たらない。そこで本書では、初期の作品から『タイピー』、『ホワイト・ジャケット』、『白鯨』を、後期の作品からは『ピエール』と「ベニト・セレノ」を、晩年の作品として『水夫ビリー・バッド』を取り上げてその分析を行う。小説家としてのキャリアのそれぞれの段階において彼が執心していた点に注目し、メルヴィルが社会で規範的とされていた男らしさにどのように抵抗しているのか、また、彼の抵抗の戦略がどのように変化していったのかを論証していくことが本論の目的である。第一章から第四章までは前期の作品を取り上げ、外面的な男らしさの特性、すなわち、「正常」あるいは「標準」とされる身体に対する抵抗を彼がどのように描いているのかを示す。第五章から第七章では、後期の作品にみられる抵抗、すなわち、ジェンダー観やセクシュアリティのような内面にあるものに対する異議申し立てから、メルヴィルの抵抗の戦略を探っていく。具体的には以下に示す構成となっている。

第一章「トンモとは何者か――『タイピー』における男の主体」では第一長編の『タイピー』を取り上げ、名前と身体という観点から男としてのアイデンティティの表象について論じる。この作品は、メルヴィル自身の体験をもとに練り上げられた冒険譚ととらえられているが、ミドルクラスの人々の間で規範的とされた男らしさからの逸脱の試みとその挫折を描いた物語という面も持っている。本論ではまず、語り手の青年の「トンモ（Tommo）」という呼称に注目し、名前と男としてのアイデンティティとの関係性について検討を行う。さらに、トンモの試みの限界、すなわち、タイピー族の入れ墨を受け入れるか否かという身体をめぐる問題を通して、男らしさのイデオロギーを攪乱させる可能性を持つ身体加工を駆け出し作家のメルヴィルがどのようにとらえていたのかについて考察する。

第二章「身体の傷と男の主体――『ホワイト・ジャケット』における男らしさ」では、男らしさの規範への抵抗が身体の改変を通して模索されている作品として『ホワイト・ジャケット』を論じる。まず、語り手の青年が展開させる笞刑批判に焦点を当て、笞刑が受刑者の身体だけではなく男としてのアイデンティティも傷つけるものだととらえられていることを示す。次に、クラレット艦長による「鬚の大虐殺」事件と艦長の命令を断固拒否した老水夫アシャントに対して執行された笞刑に注目し、『タイピー』では乗り越えることのできない限界としていたもの、すなわち、あえて身体を傷つけることによる規範的な男らしさからの逸脱をこの作品でメルヴィルが提示しているということを示す。

第三章と第四章では、特異な有り様をした身体により独自の男らしさを獲得した人物を擁する作品として『白鯨』を取り上げる。まず、第三章「畏怖される男――『白鯨』におけるエイハブの主体」では、『ホワイト・ジャケット』で模索されたもの、すなわち、身体の傷を通して構築される男らしさを体現する人物として、ピークォッド号の船長エイハブに焦点を当てる。エイハブは、モービィ・ディックと呼ばれる白鯨による片足の切断とそれに伴う義足の着用により、生と死、正気と狂気、船内の階層という相反するものを股にかけることとなるが、そのような彼の身体を通して、陸の規範にも海の規範にも収まらない独自の男らしさが提示されているということを示す。次に第四章「クィークェグの不定形の男性像――『白鯨』で示されるオルタナティブ」では、ピークォッド号の銛打ちであり語り手の平水夫イシュメールの親友でもあるクィークェグの人物像に着目する。クィークェグは、イシュメールの語りにおいては「南海」の「男」とされているが、入れ墨で覆われた斑色の身体やそのふるまいを通して人種や民族、あるいは、性について異なる特性を混淆させており、それによって特定の主体の枠組みに当てはめられることを拒む存在となっている。メルヴィルは、西洋と非西洋といった二項対立をすり抜けるハイブリッドな男らしさを『タイピー』において模索し、アメリカのミドルクラス的な男らしさに対するオルタナティブをその後の作品でも探求しているが、そうした探求の到達点となっているのがクィークェグであるということを示す。

小説家としてのキャリアも後半に入り平水夫という経歴と距離を置くようになると、メルヴィルの関心は外面的なものから内面的なものへと向かっていく。第五章「ピエール・グレンディニングの性――『ピエール』における曖昧なもの」では、『ピエール』の主人公ピエール・グレンディニングの性的なアイデンティティを分析しながら、当時のジェンダー規範、さらに、ミドルクラスの男たちが男らしさの特性を発揮するものとして受け入れていた禁欲的な異性愛主義に対してメルヴィルがどのような抵抗を行っているのかを探る。母メアリー、姉イザベル、いとこのグレンとのそれぞれの関係を読み解きながら、異性愛者の青年として物語に登場するピエールが実際には性的に曖昧な存在であること、さらに、ピエールの破滅を描くこの作品がジェンダーの二分化と異性愛主義に対する抵抗を示していることを論証していく。

第六章「ケアが揺るがす男らしさ――『ベニト・セレノ』における男のケア」では「ベニト・セレノ」を取り上げ、そこに書き込まれている男による男のケア、すなわち、スペイン商船サン・ドミニック号の反乱を率いた黒人奴隷のバボが偽装工作の一環として行ってみせた船長ベニト・セレノに対する介助や世話について分析を行う。男による男のケアはミドルクラスの人々が内面化しているジェンダー役割から逸脱するものであるが、男らしさのイデオロギーに対する抵抗としてメルヴィルは男のケアを作品に書き込み、ケアの当事者であるセレノとバボばかりでなく、そこに居合わせてその様子を眺めていたアメリカ人船長デラノーの男らしさにも揺さぶりをかけているということを示す。

第七章「『平和の使者』と彼を取り巻く男たち――『水夫ビリー・バッド』における男らしさの混乱」では『水夫ビリー・バッド』を取り上げ、性をめぐる言説、特にセクシュアリティをめぐる言説が変わりゆく時期にあって、最晩年のメルヴィルが当時の性規範に対してどのような態度を示しているのかを考察する。「花形水夫《ハンサム・セイラー》」と呼ばれるビリー・バッドを取り巻く男たち、すなわち、強制徴募にあう前に彼が乗り組んでいた商船の人権号の乗組員、彼が強制徴募された軍艦ベリポテント号の先任衛兵伍長クラガートおよび艦長のヴィアがそれぞれビリーに対して示した態度を読み解くことで、規範的な男らしさの理念が男の男に対する関心を通して揺すぶられていることを示す。

本書では長編小説を中心に散文作品の一部を取り上げ、ハーマン・メルヴィルが十九世紀のアメリカのミドルクラスの人々が信奉していた性規範に抵抗し、そのキャリアを通してそのような規範に揺さぶりをかけ続けた作家であるということを示していく。

---

1 シュルツとスプリンガーはまた、メルヴィル研究において彼の文学を「女性嫌悪的」とみなす傾向があり、そのような傾向は、一九二〇年代のメルヴィル・リヴァイヴァル以降に登場した「影響力ある男性のアメリカン・ルネサンス研究者」、例えば、レイモンド・ウィーヴァー、ニュートン・アーヴィン、リチャード・チェイスらによって広められたものであると指摘している（Schultz & Springer 7）。

2 十九世紀当時の文学市場をめぐる状況についてはPost-Lauriaを参照。

3 アランが亡くなるまでメルヴィルの姓は“Melvill”と綴られたが、アランの死後にマライアと長男ガンスヴォートが“e”の文字を加え、“Melville”と綴られるようになった。ロバートソン＝ローランは、マライアが“e”の文字を付け足した理由として、家名に貴族的な雰囲気を漂わせようとしたこと、さらに、毛皮製品と帽子の販売という事業を引き継いだガンスヴォートを夫アランの不名誉から引き離しておきたいという意向があったことを挙げている（Robertson-Lorant, *Melville* 53-54）。メルヴィル姓の綴りの変更についてはParker, *Herman Melville: A Biography Vol. 1* 67も参照。

4 引用は一八五一年六月一日付と推定されるホーソーン宛ての書簡からである。

5 正典化の過程におけるメルヴィル文学のホモエロティシズムへの言及については、Argersinger & Person 3-8, Martin, “Melville and Sexuality” 199-200を参照。

6 「叩き上げの男らしさ」については、Kimmel, Leverenz, Rotundoを参照。この理念は十八世紀末に出てきたと言われるが（Rotundo 3）、「叩き上げの男」という言葉は、一八三二年に政治家のヘンリー・クレイが上院で用いたのが初出とされる（Wyllie 9-10）。

7 「本物の女らしさ」についてはWelterを参照。

8 女が性的に淡泊であるとする言説についてはCott, “Passionlessness”, Faderman 158-59を参照。

9　自己啓発本や健康改革運動での性的節制の議論についてはD'Emilio & Freedman 66–73, Barker-Benfieldを参照。なお、十九世紀には伝統的な家族制度に対抗しようとする共同体建設の盛り上がりも見られたが、独身主義を採る禁欲的なシェイカーはもちろん、性的に放埒と見られることのあった他の共同体でもそれぞれの信条に則った形で節制が求められていた。例えば、オナイダ共同体は、按手と同様の機能があるとして性行を認め、女をオルガズムに到達させることを推奨しながら、「男の自制《メイル・コンティネンス》」、すなわち、性行はするが射精はしないという「留保性行《コイトゥス・レゼルヴァートゥス》」を求めた。留保性行を習得するまで若者の性交渉の相手は閉経後の女に限られたという点や留保性行に失敗した者は共同体の中で蔑まれたという点を踏まえると、オナイダでも性的な自制が一人前の男の資質として重視されていたと言える。十九世紀の共同体運動におけるセクシュアリティに関してはD'Emilio & Freedman 112–21、オナイダ共同体については倉塚を参照。

10　アランとマライアの上昇志向が彼らの転居にうかがえることはHardwick 15–16を参照。

第一章　トンモとは何者か
――『タイピー』における男の主体

はじめに

本章では、メルヴィルの職業作家としてのデビュー作[1]にあたる『タイピー――ポリネシアの生活瞥見』（*Typee: A Peep at Polynesian Life*, 1846：以下『タイピー』）を取り上げる。この作品では、船長の専制と船の窮状に耐えかねた語り手の青年がマルケサス諸島のヌクヒヴァ島で仲間と船から逃走し、タイピー族の集落に留め置かれた後に島から脱出するまでの物語が、集落での見聞、島の風俗風習の解説、さらに、白人による太平洋諸島の「文明化」に対する批判も交えながら語られていく。語り手の青年は自身の体験や見聞については非常に饒舌であるのだが、自らの素性となると寡黙になり、船での呼称すら明かそうとしない。しかしタイピー族の集落にたどり着くと、彼は「トンモ（Tommo）」という名前を受け入れ、白人の社会では「野蛮」とみなされていた彼らについての見聞を深めていく。名前が主体の構築に及ぼす影響を踏まえたうえで語り手が自らの呼称に示す姿勢に注目すると、この作品はアメリカ人平水夫の南海での冒険譚であるばかりでなく、青年の主体変容の試みを描いた物語でもあると言える。

なおメルヴィルは、『タイピー』の後日譚にあたる作品として、『オムー』（1847）を翌年に発表している。この作品では、語り手の青年がオーストラリアの捕鯨船に救出されてヌクヒヴァを脱出してから、船長に対する反乱のかどで他の船員と共にタヒチに抑留された後、親しくなった船医との放浪を経て単身タヒチを離れるまでの様子が描かれている。船員の暮らしやキリスト教に改宗したポリネシア人の状況を述べるというはしがきでの宣言（xiii）通り、この作品で描かれるのは、アメリカ人青年が船員あるいはビーチコーマーとして得た南海での見聞であり、語り手の主体をめぐる問題が描かれているとは言いがたい。そのため本章では、南海での冒険を描いた最初期の二作品のうち『タイピー』を取り上げ、議論を行う。

語り手の主体変容の体験について論じる前に、まずこの作品が同時代の読者、さらに、メルヴィル・リヴァイヴァル以降の研究者にどのように受容されてきたかを示す。そのうえで、捕鯨船ドリー号からの脱走中に見られる語り手の名前の隠蔽、さらに、タイピーの集落に到着した後で行われる「トンモ」という名前の受け入れを通して、語り手の青年がどのような主体を得ようとしていたのかについて論じていく。次に身体をめぐる問題として、語り手とタイピーたちが繰り広げる入れ墨をめぐる攻防に焦点を当て、身体加工が主体に与える影響を彼がどのようにとらえているのかを示す。また、十九世紀のアメリカのミドルクラス社会で規範的とされる男らしさを拒んだ青年が拒否したはずのイデオロギーに結局は回収されていく物語のように見える『タイピー』において、メルヴィルがどのような抵抗を行っているのかも考察する。

一．『タイピー』はどう読まれてきたのか

『タイピー』は、一八四四年十月にアメリカ海軍フリゲート艦合衆国号の二等水兵として帰国した後に除隊し無職となっていたメルヴィルが、家族らに背中を押され、船乗り時代に体験したことの中でも冒険に満ちた部分をま

とめた「文学的成果」（Howard 277）とされる。その体験とは、一八四一年一月にマサチューセッツ州フェアヘイヴンを出航してから一年半後の一八四二年七月にマルケサス諸島のヌクヒヴァ島で、同僚のリチャード・トバイアス・グリーンとともに捕鯨船アクシュネット号から脱走し、山中をさまよったすえに、獰猛な性格とカニバリズムの風習で悪名が高かったタイピー族の集落で厚遇を受けながら約一か月を過ごしたというものである。『タイピー』では、このようなメルヴィル自身の体験をなぞるような物語、すなわち、平水夫の青年の棄船と逃亡、タイピーの集落での牧歌的な捕囚生活[2]、ヌクヒヴァからの脱出が文化人類学的な情報などを交えつつ語られている。

『タイピー』は、作品の内容および作者の正体の信憑性、原住民の娘たちの裸体を描くといった表現の「きわどさ」や太平洋諸島における伝道活動に対する批判などにうかがえる「礼節」の無さから、出版当時には論争を呼んだ。まず『タイピー』で語られる内容と作者の信憑性に関しては、メルヴィル自身が最初に原稿を持ち込んだハーパー・ブラザーズ社は原稿閲読係のフレデリック・ソーンダーズが高い評価を与えていたにもかかわらず「事実であるはずがない」として出版を拒んだこと（Parker, *Herman Melville Vol. 1* 376）、イギリス版の出版にこぎつける前にも、出版者のジョン・マリーが、エージェント役を務めていたメルヴィルの兄のガンスヴォートから原稿の一部を預かった際には作品に関心を示しながらも、真実であるにしては話ができすぎているし、その作者も正規の教育をほとんど受けていない元平水夫には思えないとの疑念を示したこと（Leyda 199）が知られている。[3]特に一八四六年二月に出版されたイギリス版は、事実に基づく作品を扱っていると謳う「コロニアル・アンド・ホーム・ライブラリー」シリーズに収められたため、書評では作品および作者の信憑性を問う声が上がっていた。「ハーマン・メルヴィルなる人物がいるのだとすれば、彼はその冒険について書くのにダニエル・デフォーのような人を雇ったか、彼自身がデフォーとアレクサンダー・セルカーク[4]の両方のような人物であるかのいずれかだと考えるほかない」（Higgins & Parker, *Herman Melville* 13）と述べた一八四六年三月七日付の『ジョン・ブル』（*John Bull*）の書評はその一例である。他方、この作品の描写の「きわどさ」については、アメリカ版の出版社であるワイリー・アンド・パトナム社のジョン・ワイリーから不適切とされる箇所の削除が求められ、書評でも激しく攻撃された。長老派教会の機関誌である『エヴァンジェリスト』（*Evangelost*）は『タイピー』を非難した媒体の一つで、一八四六年四月九日号の書評において、この作品を捕鯨船からの脱走者が誇張して書いた扇情的な話ととらえ、「このような本が『ライブラリー・オブ・アメリカン・ブックス』に収められるとは遺憾である」（Higgins & Parker, *Herman Melville* 46）と述べた。[5]

率直な描写に眉をひそめる向きはあったものの、『タイピー』は、ダニエル・デフォーの『ロビンソン・クルーソー』（1719）に類する「旅行記つきの冒険譚」（Stern, *Critical Essays* 11：強調原文）として好評を博した。具体的な数字を示せば、イギリスでは、紙版と装丁版を合わせて七三四二部がメルヴィルの存命中に発行され、海賊版でも少なくともそれと同じくらいの部数が市場に出回ったとされる。アメリカでは、ワイリー・アンド・パトナム社が六五〇〇部、ワイリー・アンド・パトナム社から原版を引き継いだハーパーズ社が四〇〇〇部を発行した。[6] 不評であった『マーディ』（1849）の売り上げが十九世紀末までに英米合わせて四〇〇〇部以下、『白鯨』（1851）も十九世紀末までに四〇〇〇部以下、『ピエール』（1852）にいたっては一五〇〇部にも満たなかったことと比較すれば明らかなように、メルヴィルの作品の中で『タイピー』は好調な売れ行きを示した。ただし彼は、『白鯨』執筆中の一八五一年六月一日に送ったと推定されるナサニエル・ホーソーン宛ての書簡の中で、「人食いの中で暮らした男」（*Correspondence* 193）という名声など身の毛もよだつと自嘲気味に語り、また、弟アランに宛てた一八六〇年五月二十二日付のメモの中で、詩の出版にあたっては『タイピー』の名を伏せてほしいという意向を示している（*Correspondence* 343）ことから、メルヴィル自身は『タイピー』での成功を後年になって苦々しく感じていた節がある。しかし、彼が亡くなるまで継続的に評価を受けていたのはこの作品であった。[7]

作家自身の体験を下敷きにして書かれたという事情があるためか、F・O・マシーセン（F. O. Matthiessen）は、『タイピー』をメルヴィルを偶然にも作家にした「経験の記録」（371）と位置づけ、さして評価をしていない。また、当時のメルヴィルが作家志望の元船乗りにすぎず、出版にこぎつけるために出版社からの加筆修正や削除の要求にかなり応じていたという事実を踏まえれば、『タイピー』は、芸術性よりも面白さや読みやすさを重視したもの、いわば、大衆受けを狙ったものであったということは否定できない。他方で、大衆のために少なからぬ肉づけが施された「経験の記録」というよりはメルヴィルの芸術性を胚胎させた作品であるとする見方もある。例えばニュートン・アーヴィン（Newton Arvin）は、深遠さよりもむしろ「自発性や若々しさ」（79）を見るべきであるとしながらも、『タイピー』と『オムー』には複雑性や多面性も見られると指摘している。さらに、ミルトン・R・スターン（Milton R. Stern）は『タイピー』が「メルヴィルの哲学的航海の出発点」（Stern, *The Fine Hammered Steel* 31）になっていると述べ、ポール・ウィザリントン（Paul Witherington）は『白鯨』などの後続の作品にも見られるような「語り《ナラティヴ》のリズム、シンボリズム、語りの焦点、設定」（39）がこの作品で試されていると論じている。また、ロバート・K・マーティン（Robert K. Martin）は、メルヴィルの海洋小説で一貫して提示される男同士の関係がこの作品にすでに見られると指摘している（Martin, *Hero* 3-5）。メルヴィルは、先述したホーソーン宛ての書簡の中で、「二十五歳まで私は成長というものを全くしていませんでした。二十五歳から、私は自分の人生に日付を入れます」（*Correspondence* 193）と語っているが、エドガー・A・ドライデン（Edgar A. Dryden）が指摘するように（37-38）、このメルヴィルの発言は、彼の文学の中での『タイピー』の位置を考えるうえで示唆に富むものである。二十五歳とは彼が『タイピー』を書き始めた年であることから、この作品は芸術家メルヴィルの端緒を示すものであり、彼の文学を論じるうえで看過できないものということになる。

これまで『タイピー』の語り手兼主人公の青年に関しては、タイピーの谷での滞在の後半になってから彼の身に降りかかる問題、すなわち、入れ墨をめぐる問題に関心が寄せられてきた。彼のアイデンティティは、もっぱらこの問題を軸にして論じられてきたのである。それに対し、タイピーの谷に到達して「トンモ」と呼ばれるようになる以前の彼のアイデンティティ、さらに、「トンモ」という名前を通して構築される彼のアイデンティティはあまり注目されてこなかった。しかし彼は、物語の主人公であるにもかかわらず、船からの脱走を成し遂げるまで、名前を――『白鯨』の語り手が「僕のことはイシュメールと呼んでくれ」(3)という語り出しで提示してみせるようなとりあえずの呼称すら――明らかにしようとせず、自らの人となりを曖昧にしている。また、彼はタイピーの集落に迎え入れられた後で呼称を得ることになるが、それは、純然たる英語名でも純然たるタイピー名でもなく、英語名とタイピーの音節を組み合わせたものである。語り手兼主人公の青年の名前は、彼がどのような男の主体であるのかを決める重要な要素である。ところが、彼の名前をめぐる語り、すなわち、タイピーの谷に来る以前の名前の隠蔽とタイピーの谷に着いた後に行われる折衷的な名前の獲得をめぐる語りに対して注目が注がれてきたとは言いがたい。

二　名無しの平水夫から「トンモ」へ

『タイピー』の幕は語り手の青年の不満で上がる。「六ヶ月も洋上にいる！　皆さん、僕は六ヶ月間陸に上がっていないのです。焼けつくような赤道の太陽の下で抹香鯨を追い、太平洋の大海原の波に揺られている――頭上には空、周りには海、それ以外は何もない！」(3)という不満から、彼は自らの物語を語り始める。『タイピー』の序盤の語りで注目すべきは、航海に対する不満やマルケサス諸島に関する事柄は滔々と語られるのにもかかわらず、語り手自身に関わる事柄には口が閉ざされているという点である。この作品が触れ込み通りに「ありのままの真実」（xiv）を綴ったものであるとするならば――実際には文献から得た知識や想像に負うところが大きいことがチャールズ・ロバーツ・アンダーソン（Charles Roberts Anderson）により明らかにされて久しいのではあるが――この語り手にハーマン・メルヴィルという元平水夫のアメリカ人作家を重ね合わせ、その人となりを推測するということも可能かもしれない。しかし、捕鯨船ドリー号からの逃亡の相棒となる青年についての語りと対比させてみると、物語の主人公でもある語り手の人物像が不明瞭であるのは奇異に思われる。

逃亡の相棒として語り手が目をつけた青年トビーは、次のように紹介されている。

> 彼は僕と同じくらいの年の若者で、僕はずっとこの男に大きな関心を持っていた。そしてトビーは、本当の名前を絶対に教えてくれなかったために彼はこの名前で通っていたのだけれど、どこから見てもそれにふさわしい男だった。彼は活発で、機敏で、親切で、勇敢で、隠しだてをすることが全くなく、恐れることなく感情をあらわにした。このような性格のおかげで陥ってしまった苦境から僕が彼を救い出してやったのは、一度や二度ではなかった。そのせいなのか、馬が合ったからなのかは分からないけれど、彼はいつでも僕の仲間となることを好んでいるようだった。僕たちは、共にしている運命を何度も呪いながら、喋ったり、歌ったり、物語を話したりして退屈な時間を紛らわせ、長い当直を何度も一緒にやり抜いた。（31-32）

語り手は、トビーの素性については「洋上で出会うことが間々あるだろうが、出自を明かさず、家に言及することもなく、逃れられそうにない謎めいた宿命かなにかに追われているかのように世界をさまよう漂泊者の一人」（32）であるとして詳述を避けている。しかし、彼はこの青年の外見や性格を事細かに述べ、小柄で細身な体、色黒の肌、黒い髪と瞳といった「きわめて魅力的な容貌」（32）と物憂げでいて激高しやすいという気性を特徴としてあげている。

ところが彼は、年齢や出自の点でトビーと似たところがあるとほのめかしはするものの、自分自身のこととなると寡黙になってしまう。相棒とは異なり、彼は船上での通称すら明かそうとしない。語り手による自らの名前の隠蔽は、彼とトビーが交わすやりとりにも現れている。"my lad"(45)と"my boy"(63)という表現をそれぞれ一度ずつ用いたのを除くと、語り手は相棒を呼びかける際には「トビー」と名前を用いている(59, 62に2度、37, 44, 56, 63, 69, 93, 94ではそれぞれ1度)。それに対してトビーは、"brother"(37)、"shipmate"(46, 57, 60)、"my pleasant fellow"(45)、"old fellow"(57)、"my lad"(60)、"mate"(61)、"my hearty"(63)といった表現を用いており、語り手を名前では呼びかけていない。トビーが語り手を名前で呼びかけるのは、呼び名を「トンモ」にするという妥協が語り手とタイピーたちとの間で成立した後のこと、深夜に催された宴で出された肉をめぐるやりとりの中での一度きりである(95)。このようにドリー号からの逃亡が成し遂げられるまで、語り手の名前は隠されているのである。

そもそも名前とはどのようなものなのだろうか。ジュディス・バトラー(Judith Butler)は、『触発する言葉——行為遂行性の政治』(*Excitable Speech: A Politics of the Performative*. 1997)において、黒人の家の前で十字架を燃やす行為、ポルノグラフィーに対する検閲、同性愛者の処遇をめぐる米軍の政策といった現実の政治的問題を取り上げ、言葉と行為が政治言説の場でどのような関係を構築しているのかという点を探究した。彼女は、J・L・オースティンの発話行為に関する理論を再考しつつ、言葉で人を傷つけるとはどのようなことかを論じた序論において、言葉による危害の一つの形態として「名称/蔑称(name)」を取り上げ、主体が存在するためには名前を与えられ、その名前で名指される必要があるということを示した。バトラーの言葉を借りれば、名前とは、「言語的な存在を起動させて維持する、つまり、場所と時間の中で固有性を与える」(29)力を持つもの、「何かを固定し、凝固させ、その輪郭を区切り、それに実体を与えるもの」(35)である。あるモノを言説の中に位置づけ、私たちがそれを知覚できるようにするもの、つまり、あるモノがモノとして存在するために不可欠となるのが名前なのである。

『触発する言葉』での名前に関するバトラーの議論を踏まえれば、呼びかけに用いられる名前は、その名前で呼びかけられる主体の構築と深く関わっていると言える。例えば、語り手の相棒を務める青年は、「漂泊者」とされ、西洋の社会に根をおろすことを避けているように見える。しかし実際には、通称として用いられる「トビー」という英語の男性名によって、彼は西洋の言語システムの中に固定されている。それに対して、祖国や乗り組んでいた船で用いられていたはずの西洋的な男性名をひた隠しにする語り手は、西洋の言語システムの中で男の主体として輪郭を区切られ、実体を与えられていくことを回避している。

語り手が西洋的な男の主体として固定化されるのを避けていることは、タイピーの集落にたどり着いてからようやく提示される彼の名前にも現れている。彼はこの地で「トンモ」と呼ばれるようになるが、その顚末は次のように語られる。

> 彼は胸に手を置き、自分の名前は「メヘヴィ」であると僕に理解させ、今度は僕に名前を言わせたがった。僕は一瞬ためらった。彼には僕の本当の名前を発音するのは難しいだろうと思ったからで、それでたいそう殊勝な気持ちから、僕は「トム」で通っているとほのめかした。ところが、僕はひどい選択をしてしまった。首長はこれを修得できなかったのだ。「トンモ」、「トンマ」、「トンミー」、どんなものがきても、ただの「トム」だけはなかった。彼がどうしてもこの語に余計な音をつけるものだから、僕は、「トンモ」という語で片をつけることで彼と妥協をした。それで、谷での滞在中はずっと、僕はこの名前で通っていた。(72)

ここで注目すべきは、トムという名前は、首長のメヘヴィに呼び名を問われた語り手が発音のしやすさを考慮して咄嗟に選んだと語られている点である。[8] ここで提示されるトムという名前がドリー号での彼の呼称であったとは言いがたく、ウィザリントンが指摘するように、語り手がこの場面において嘘をついているということは十分に考えられる。[9]「しばしば一般人の男を代表する総称的な名前となる」（『オックスフォード英語辞典』第二版）と定義されているように、「トム」がありふれた男性名とされることも考慮に入れれば、語り手の示した名前が偽名である可能性は高い。しかし、過去の経験を語りつつ自分自身や読者にその経験の真相や意味を示そうとする「創造的想起」（Dryden 35）を行う一人称の語り手である彼が、真偽のほどはさておき自らの名前をとにかく提示したという点には、語りを進めるという便宜的な目的以上の意味がある。

前述したバトラーの議論を踏まえれば、語り手の名前の提示は、その名前を通して主体としての実体が彼に与えられていくということを意味する。ただし、その語りの中で明示されていく彼の主体は、「トム」という名前が象徴的に表す西洋の男のものではない。そのことは、彼が「トム」という名前には固執せず、音節の追加を受け入れた点に現れている。「トム」という名前に加えられた「モ（-mo）」という音節は、西洋の言説の中に位置づけられるはずのトムという男の主体をトムではない何者かにずらし、語り手の主体を西洋の男という枠組みから逸脱させていくものである。「トム（Tom）」から「トンモ（Tommo）」への変化は、ロバート・E・エイブラムズ（Robert E. Abrams）の表現を借りるならば、語り手の「タイピー化」、つまり、タイピーたちが認知できるようにするべく彼が「文化的に編集され」たことを示すものとなる（204）。ただしこれは、マーティンが指摘するような西洋人としてのアイデンティティの喪失を示すわけでも（Martin, *Hero* 22）、タイピーとの完全な同一化を示すわけでもない。「トンモ」という名前は西洋の男の残響を響かせるものであるため、この名前での呼びかけにより「トム」という名前が表す西洋的特性が完全に失われてしまうというわけではない。この名前は、西洋的なものの非西洋化ではなく、西洋的なものと非西洋的なものの融合を示すものなのである。語り手は「妥協」の結果として「トンモ」という折衷的な名前を受け入れたと説明しているが、西洋的な名前をひた隠しにしてきた彼が折衷的な名前の受け入れを語ることは、西洋人の主体の枠組みから逸脱していこうとする彼の意志を示すものだと考えられる。

それでは、「トンモ」という呼称を通して変容を経ることとなる西洋の男の主体とはどのようなものなのだろうか。この作品が最初に出版されたのが事実に基づく作品を扱っていることを謳う「コロニアル・アンド・ホーム・ライブラリー」シリーズからであったという事実を踏まえると、出版当時の常識としては、ハーマン・メルヴィルというミドルクラスの青年がトンモと重ね合わせられていたと推測される。そこから、語り手が変容させたいと望んでいた西洋の男の主体とは、アンテベラム期のミドルクラス社会で理想とされていた「叩き上げの男」という男性像になるだろう。「叩き上げの男」として理想化される男らしさは、男としてのアイデンティティの基盤を個人の実績に置くものである。[10]

自助の精神に満ちた者を男らしいとみなす近代アメリカ社会の枠組みから語り手が逸脱していることは、彼が「トンモ」という折衷的な名前で呼びかけられるようになる以前に陥った状況にすでに現れている。その状況とは、ドリー号からの脱走中に覚えた原因不明の足の腫れと痛みにより思うように身動きがとれなくなっていたというものである。身体の不調のために他者の配慮に頼らなければならないという状況は、語り手が自立を旨とするアメリカ的な男らしさのモデルから外れてしまっていることを示唆している。さらに足の痛みとアメリカ的価値観からの逸脱との相関は、彼がタイピーたちとの生活に適応するにつれて、つまり、彼が他者への依存を受け入れるにつれて和らぎ、島からの脱出、つまり、自立を旨とする祖国への帰還を希求するようになるとぶり返したと語られることにもうかがえる。[11]

トンモが西洋、厳密に言えば、近代アメリカ社会の言説の枠組みから逸脱しつつあることは、タイピー人についての彼の観察にも現れている。歴史的には、タイピー人はマルケサス諸島の「文明化」の試みに対して長く抵抗を示し、彼らの攻略を指揮したアメリカの軍人デイヴィッド・ポーターを難儀させたと言われている。[12] トンモの観察によれば、もともと豊かな自然に恵まれているうえに西洋文明との接触がほとんどないタイピーたちは、労働らしい労働をすることもなく日々を過ごしている。このような彼らの生き方は、額に汗して働き経済的・社会的な成功を果たすことを是とする見地では退けられるべきものである。しかしトンモは、労働による自己実現という観念が成立しないこの地の住民を、「うぬぼれたヨーロッパ人」（124）よりも幸福だととらえている。彼は、「四～五人のマルケサス島民を宣教師として合衆国に送る方が、同数のアメリカ人を同様の立場で島に派遣するよりも絶対に役に立つ」（125-26）と語り、西洋人の「文明化された蛮行」（125）を批判する。そのような彼の目には、タイピー人の牧歌的な姿は好ましいものとして映っているのである。

それでは、「叩き上げの男」という近代アメリカ社会の理念から逸脱していくことで、トンモはどのような主体になろうとしていたのだろうか。この問いに対する答えは、相棒のトビー、あるいは、彼の従者を務めるコリコリと彼が結ぶ関係性にうかがえる。彼はまずトビーに関して、ドリー号を脱走する以前から彼らが相思相愛のような間柄であったことを示していた。また、浜辺に来たボートを見に出かけたままトビーが消息を絶った折りには、「自分は確実に脱出してしまい、不運な仲間にどんな災難が降りかかるかなど彼はお構いなしなのだ」（109）と語って自分を置き去りにしていった相棒の不実をなじりながら、その身を案じている。彼は、船からの脱走の意志をトビーだけに明かし、脱走後は原住民に囲まれる中での緊張や不安といった感情を共有していた。ドリー号を脱走してからタイピーの谷に落ちつくまでの先が読めない状況の中で、彼はトビーとの関係を頼みの綱としている。トンモにとってトビーだけが感情を分かち合える相手であったということは、物語の終盤になって自分が捕囚の身であることを強く意識した際に、「気安く話せる人は誰もいなかった。誰にも僕の思いを伝えられなかった。誰も僕の苦しみに同情できなかった。トビーが今も僕と一緒にいてくれていたらこの状態にもまだ耐えられただろうにと、何度となく思った」（231）と彼が語っていることにうかがえる。他方コリコリとの関係では、彼ははじめこそ狼狽してみせるものの、首長のメヘヴィが任命したという大義名分によりこの青年に身をゆだね、献身的な世話を甘受している。近代アメリカ社会において、親密な男同士の結びつき、すなわち、女同士の「ロマンティックな友情」のような感情の共有を基盤とする相互依存的な結びつきが許容されていたのは、少年と成年の間のごく短い期間であった。[13]それに対して語り手は、英語名の隠蔽と「トンモ」としての呼びかけを通してアメリカの言説の枠組みからはみ出すことにより、アメリカの成人男性には少なくとも表面的に閉ざされていた男同士の友愛の関係を保持しようとしたと言える。

語り手は「トンモ」という名前を通して、自立と競争を強いるアメリカ的な男らしさの規範から足を踏み出し、そこでは禁じられているものに接しようとしている。彼は、西洋の男としての名を隠し折衷的な呼称を得ることで、単一の枠組みに固定されないものとして主体の再構築を試みているのである。

三．要としての顔

前節で示したように、「トンモ」という語り手の呼称は「トム」という名前によって与えられる西洋の男としての主体の輪郭を崩すものである。語り手の青年は自らの呼称をめぐるエピソードを挿入することで、特定の言説に縛られないような男の主体になろうとしていると言える。ただし、「トンモ」という呼称について忘れてはならないことが一つある。それは、この名前が語り手とメヘヴィとの間で成立した妥協の産物だという点である。語り手は、メヘヴィがトムという名前をうまく発音できなかったために彼に歩み寄ったと語っている。しかし、「妥協」と表現されるからには、メヘヴィが代表するタイピーの側にも、語り手の呼び名について何かしらの思惑があるのではないだろうか。タイピーの側の思惑に関してエイブラムズは、「トンモ」という名前には、闖入者である語り手の異質性、すなわち、彼の白人性を打ち消そうという原住民側の思惑があると指摘している（Abrams 205）。また、ジョン・サムソン（John Samson）は、“tomo”という語が「～の中に入る（enter into ～）」あるいは「～にうまく適応する（adapt well to ～）」という意味のマルケサス語の動詞であることから、「トンモ」という名前は自分たちの社会に語り手を引き入れたいというタイピーたちの欲望を示すと論じている（30-31）。エイブラムズやサムソンの指摘を踏まえれば、タイピーたちは、「トンモ」という名前を通して語り手の主体を自分達の言説の枠組みへと引き入れ、彼を自分たちの言説の中で承認しうるものにしようとしていたと言える。つまり、「トンモ」という語り手の呼称には、主体の再構築を行おうという語り手とタイピーたちの双方の意志が込められているのである。そのような彼らの思惑がせめぎ合うのは、入れ墨という身体加工をめぐって焦点化されるもの、すなわち、語り手の顔である。

入れ墨と言えば、語り手はドリー号がマルケサス諸島に向かうと聞き、「裸の娘――人喰いの宴――ココナツの森――珊瑚礁――入れ墨を入れた首長――それと竹でできた神殿」と述べ、マルケサス諸島という名前が喚起する「風変わりなもの」の一つとしてこれに言及している（5：強調引用者）。このような連想は、当時のアメリカにおいて入れ墨が「太平洋の未開の地を旅して書かれた報告記には当然姿を現すものとして、あらかじめ読者が期待を寄せている素材」（福岡、『変貌するテキスト』二三）として親しまれていたこと、また、「人喰い人種」とされる太平洋諸島の原住民や全身に彫り物を施した白人の元船乗りなどを展示するフリークショーなどを通してこの身体加工技術が広く認知されていたことを示している。[14] トンモは、ドリー号から脱走する前には「抵抗しがたい好奇心」（5）から入れ墨に気安く言及していたわけだが、タイピーの集落に足を踏み入れ、原住民の姿を実際に目にすると、「グロテスク」、「おぞましい」、「野蛮」などと述べ、入れ墨に対して嫌悪感をあらわにする。

トンモは、彼が近しく交わる人物であっても入れ墨への嫌悪感を容赦なく浴びせかけている。例えば、コリコリの「きわめて異様な外見」について、頭の天辺あたりに一ドル硬貨大の円形部分を二カ所ねじって角のようにしてある以外には髪を剃りあげ、ひげをペンダントのようにたらし、さらに顔には、「障害物をものともせずにまっすぐ延びる田舎の道路のように、鼻を突っ切り、目のくぼみに向かって延び、口の端の境をなしさえする三本の幅広の縦線の入れ墨」が刻まれていると紹介する（83）。そのうえでトンモは、「見るもおぞましい物」であるコリコリの顔が、「牢獄の窓の鉄格子の後ろから感傷的に見つめているのをときどき目撃した、あの不幸な悪党ども」（83）を思い出させると語っている。

トンモは入れ墨に対する反感を隠そうとしないが、彼はこの身体加工を一様に嫌悪しているわけではない。タイピーの集落を訪ねてくるマーヌーの入れ墨に対して、彼は攻撃の手を緩めているのである。マーヌーは、彼自身がタブーになっているためにどの部族からも敵とはみなされず島内を自由に動き回ることができる原住民の若者である。トンモは彼を紹介する際にはその顔つきや体つきの美しさを称え、「ポリネシアのアポロ」（135）と表現している。さらにトンモは、マーヌーの身体について次のように述べる。

彼の頬には女性的なやわらかさがあった。そして彼の顔には、入れ墨の傷はごく小さなものすらなかった。しかし体の他の部分には、ある普遍的なデザインに合わせて仕上げられたとおぼしき意匠を凝らした模様――この原住民の間ではお馴染みのでたらめに描かれたスケッチとは違うもの――が描かれていた。（136）

この引用から明らかなように、マーヌーの体は顔を除いて意匠を凝らした入れ墨で覆われているが、トンモがマーヌーを蔑むことはない。それどころか彼は、マーヌーの背中に彫り込まれた「美しい『アーチュ』の木」に対して、「僕がタイピーで見てきた中で最も素晴らしい芸術見本」であると賞賛の言葉を発している（136）。このようなトンモの反応は、頭部に焦点が当てられたコリコリの描写においてその醜さが騒ぎ立てられていたことと著しい対照をなしている。何がトンモの反応に影響を及ぼしているのだろうか。コリコリの顔には三本の幅広の縦線が彫られているのに対してマーヌーの顔は無傷であるという点を踏まえれば、顔に大きく手が加えられているか否かがトンモの反応の決め手になっていると言える。入れ墨に対するトンモの反応を左右するものが顔であることは、メヘヴィやフェイアウェイの描写にもうかがえる。彼はメヘヴィの顔について、頭頂を頂点とする三角形を描く線が入れ墨で刻まれており、それは「これらすべての装飾の中で最も簡素でいて際だっている」(78)と紹介している。トンモはメヘヴィの入れ墨の描写を行う際、手足の模様について「グロテスク」という語を一度だけ用いているが、それを除けば否定的な語の使用を控えている。フェイアウェイについては、「入れ墨という見るもおぞましい傷」(86)を免れていたわけではないとして、彼女もまた唇と肩に小さいながらも入れ墨を入れていたと述べているが、彼女の描写においても、入れ墨を貶すよりも全体的な彼女の美しさを称えることに重きが置かれている。顔の加工度合いによってトンモの反応が異なっているという点は、入れ墨をめぐる問題における顔の重要性を予示するものとなっている。

前述したように、語り手とメヘヴィの妥協の産物とされる「トンモ」という名前は、西洋の男という語り手の主体の輪郭を崩すものである。この名前で名指されることによって、語り手は西洋と非西洋のハイブリッドとして自らの主体を変容させようとしているのに対し、タイピーたちは、彼を自分たちと同一化させようという思惑を持っている。語り手とタイピーたちは、「トンモ」と呼びかけられることで構築される主体をめぐって攻防しているのである。そして彼らの攻防は、入れ墨をめぐるせめぎ合いという形で可視化される。

入れ墨をめぐる問題がトンモの身に降りかかったことは、第三十章で語られる。コリコリと森を散策していたトンモは、入れ墨の施術が行われているところに遭遇し、彫り師のカーキーから施術の対象として目をつけられる。彼は必死に抵抗するが、その場に居合わせていたコリコリからも、後にはメヘヴィをはじめとした首長たちからも入れ墨を入れるように求められる。しつこく懇願されたことで、トンモは、タイピーたちが入れ墨を通して自分をキリスト教から土着の宗教に改宗させようとしているのだと悟る（220）。[15] 森でカーキーに捕まえられた瞬間に「この人でなしが僕に対してその目的を果たすことになれば、一生見るもおぞましいものになってしまう」（218）と思ったという語りを皮切りに、入れ墨を施されることについて、「彼が僕の顔に起こすであろう破滅」（219）、「国に帰る機会に恵まれたとしても、僕は、同胞の人々に顔向けできないようなかたちで醜くされるのだ」（219：強調原文）、「顔が永久に損なわれる」（220）、「『神聖なる顔』の完全な破滅」（220）といった表現から明らかなように、トンモは、入れ墨により顔が傷つけられることをひたすら恐れている。このような彼の反応に呼応するかのように、タイピーたちも彼の顔に関心を寄せる。タイピーたちが彼の顔に目標を定めていることは、なにか手を打たなければならないと直感したトンモがメヘヴィに示した妥協案、つまり、腕ならば入れ墨を受けてもよいという申し出——森でカーキーに捕まった場面でも示され、拒否されるものである——が不発に終わり、選択できるのは模様だけであって、顔に施術をするか否かという点について選択の余地はないと思い知らされたことに現れている。このように、トンモとタイピーたちが繰り広げる入れ墨をめぐる攻防で主戦場となっているのはトンモの顔である。

そもそも顔には、どのような意味づけがなされているのだろうか。西洋の枠組みから逸脱するような主体への変容を目論んでいたはずなのに、なぜトンモは西洋人、すなわち、白人としての顔を死守しようとするのだろうか。顔は、他の身体部位のように衣類におおわれることがなく、外部からの視線に絶えずさらされるものである。十九世紀のアメリカでは、人間の頭部が特に注目を集めていた。顔の特徴からその人の性格を読み取る観相学、脳の特定の領域が特定の器官と関連しているとして頭蓋骨の形状などからその人の知性や性格を読み取る骨相学、身体的特徴から人種的な差異を導き出し白人の優等生を示す「アメリカ学派民族学」など、目に見える身体的特徴から人間の内的差異を明らかにしようとする疑似科学が隆盛しており、人間の顔や頭骨は、アイデンティティを見定めるのに最適のテクストとなっていた。[16]

　可視化されている身体部位を通してその人の内面を解読しようとする試みにおいて、マルケサス諸島の島民の身体はどのように解釈されていたのだろうか。マルケサス人の身体についての西洋人の見解は、トンモの語りに投影されている。彼はタイピーたちの彫像のように完璧な身体について、「肢体の美しさにおいて、彼らは僕がそれまでに見てきたどんなものにも勝っている。お祭り騒ぎに興じていた者の中に、生まれつきの奇形は一例も見られなかった」（180）と述べている。さらに、メンダーニャ、フィゲロア、ジェイムズ・クック、チャールズ・スチュアート、エドマンド・ファニング、デイヴィッド・ポーターといった旅行者[17]の好意的な反応を示したうえ、「マルケサスの島民の際だった特徴で、皆さんを直ちに圧倒するものは、ヨーロッパ的な彼らの目鼻立ちである――他の非文明民族にはめったに見られない特性である」（184：強調引用者）と論じている。トンモによる説明で示されているように、マルケサス人の容姿は、古代ギリシャや古代ローマの彫刻にたとえられる西洋人の原型とも言えるような美しさを備えたものとみなされていた。「目鼻立ち」などの生得の美しさが称えられた一方で、もう一つの彼らの外見上の特徴である入れ墨は、この装飾が施された身体を「黒人《ニグロ》のような外見」（qtd. in Otter, *Melville's Anatomies* 27：強調引用者）と述べたG・H・フォン・ラングスドルフ[18]や「オセロが描かれるのと同じくらい黒い」（ibid.：強調引用者）と述べたスチュアートの反応にうかがえるように批判的に受けとめられ、人種化して語られた。サミュエル・オッターによれば、彼らの入れ墨は「白人から黒人への人種的転向」（*Melville's Anatomies* 27）を表すものととらえられていた。マルケサスの人間は、人類のうちでも最上位の美質を備えた容姿を生まれながらにして持っているにもかかわらず、入れ墨で顔や体を加工することにより最下位の地位に転落していると考えられていたのである。

　原住民の入れ墨に対するトンモの異なった反応、入れ墨を入れるようにタイピーたちから懇願された際の彼の反応、さらに、マルケサス諸島の島民の容姿についての西洋人旅行者の見解を踏まえると、顔は主体性を決定づける指標になっていると言える。これまで指摘されてきたように、トンモにとって顔の入れ墨を受け入れることは、西洋の白人というアイデンティティを喪失して他者であるタイピーと完全に同一化することを意味する。[19]トンモが望んでいたのは、西洋的な主体の枠組みからの逸脱であって、タイピー／非西洋／他者との同一化ではない。だからこそ彼は、顔への入れ墨を恐れ、それを必死に忌避しようとしたのである。

しかし、トンモが自らの主体を逸脱的なものに構築し直すことを意図していたとすると、彼は入れ墨を断固として拒否する必要があったのだろうか。入れ墨の受け入れがもたらす結果とは、はたしてタイピーとの完全な同一化なのだろうか。入れ墨が施されることを顔の「崩壊」とみなしたトンモは、少なくともそのようにとらえていた。しかし、欧米人旅行者の記録を振り返ってみると、トンモの判断は拙速だったのではないかと思われる。先人たちがマルケサス諸島の入れ墨を恐れたのは、入れ墨がヨーロッパ人／白人的な原住民を黒人のようにするからであった。つまり、マルケサスの入れ墨に関して欧米の白人を慄然とさせたのは、入れ墨による他者化ではなく、他者のようなもの化と呼ぶべきもの、すなわち、他者性を上書きしているが同質性もとどめているという異種混淆の状態ということになる。[20]入れ墨という身体加工は、もとの主体と呼び込んだ他者性を共存させながら、そのどちらからもずれていくという攪乱的な効果を持つものなのである。入れ墨が主体にもたらす効果、すなわち、主体の枠組みを崩す力は、「西洋人の男」という主体の輪郭からはみ出そうとしていたトンモにとっては忌避すべきものではなく、むしろ進んで利用すべきものであったと言える。もしもトンモが入れ墨が主体に対して持つ攪乱的な可能性に気付きそれを利用できていれば、彼の身体の内にあると設定され読み込まれてきた「西洋／白人の男」としての特性を分断し、主体を逸脱的なものへとさらに変容させることができたかもしれない。ところが彼は、入れ墨という身体加工が引き入れる他者性により元の主体が完全に失われてしまうと考え、自らの顔に手を加えさせることができなかった。顔の改変が彼の主体にもたらすものに対して、彼の目は開かれなかったのである。

これまで述べてきたように、語り手の青年は、「トンモ」という折衷的な名前の専有を通して主体を変容させようとしていた。ただしそれは、西洋の言説の中で与えられていた「白人の男」としての輪郭すべてを否認することでも、タイピーの言説の中に他者化した主体として固定されることでもない。「トンモ」という名前を通して行われる主体の変容とは、一つの言説の中に囲い込まれることではなく、複数の言説を股にかける存在になることである。生得の身体に他者性を呼び込む入れ墨は、そのような試みを押し進める力を持つものであった。しかし、トンモには入れ墨が他者化としか映らず、彼は自らの顔を死守することに躍起となって谷からの逃走を願うようになってしまう。顔を要所とした入れ墨をめぐる原住民との攻防を見るかぎり、トンモによる主体再構築の試みは失敗に終わったということになる。

四．トンモの「逃走」が示すもの

先述したように、語り手は、西洋的な規範の影響がおよばないマルケサスの地で、西洋と非西洋を折衷させた呼称を通して「西洋／白人の男」という主体からの逸脱を試みていた。しかし、彼は入れ墨による顔の改変という問題に直面すると態度を一変させ、島からの逃走を願うようになる。入れ墨の問題に直面したことによって、彼は主体の再構築という試みを放棄してしまったように見える。

しかし、語り手の逃走劇を検討していくと、彼の試みが失敗したと言い切ることもできない。トビーが島に戻ってきたという知らせに端を発する混乱の中、コリコリの父マーヒーヨにうながされ、トンモは島からの脱出を図る。ただし、彼の逃走劇は母船に向かうボートで気を失ったところで終わり、その後の顛末も簡潔な説明が付け加えられるにとどまっている。その説明でも、乗組員の補充をしようとしていた捕鯨船ジュリア号に彼が拾い上げられたという点くらいしか明らかにされていない。洋上に投げ出されて終わる彼の逃走は、彼を「トム」と名指す世界、あるいは、彼に逃亡を促す際にマーヒーヨが発した「家（Home）」と「母（Mother）」という二つの英単語（248）が象徴するものへの回帰と結びつけられるものではない。語り手のことを「トム」と名指すアメリカのミドルクラスの世界こそ、彼が逸脱しようとしてきたものにほかならないからである。

メルヴィルは、語り手の逃走を完全には終わらせないこと、つまり、語り手の帰国の旅路を語らないことによって、語り手の青年の試みは終わっていないと示唆していると言える。そのことは、後日譚と位置づけられる作品のタイトルに用いられる「オムー（omoo）」という語が「流浪者」を意味するとされる点（*Omoo* xiv）、さらに、語り手は『オムー』において、初めこそ拾い上げられた船で「タイピー」と名指されはするものの、名前での呼びかけを避けつつ船医のロング・ゴーストと放浪を続けていく点にうかがえる。[21] タイピーの谷からの語り手の脱出は、自らの主体の再構築という試みがどこか別なところで続いていく可能性を残すものとなっている。

『タイピー』は、アメリカ的な男らしさの規範から逸脱する主体を構築する試みが書き込まれている作品である。いわばメルヴィルは、作家としてのキャリアの第一歩を踏み出した時点から、十九世紀当時の「男らしさ」のイデオロギーに対する抵抗の姿勢を表明していたと言える。ただしこの作品では、ミドルクラス的な男らしさが身体の改変を通して変貌を遂げる可能性が示唆されはするが、それを実現させて規範に対するオルタナティブを提示するというところまでには至っていない。しかし、語り手を大海原に投げ出すというオープンエンドな結末を用意することで、西洋か非西洋かという二項対立の枠組みのどちらか一方へと語り手を回収することは拒み、身体の改変を通して西洋的な男らしさが再構築される道を残している。この作品においてメルヴィルは、相対的な視点を持つ語り手や自己の探求に乗り出す人物の原型となるトンモという青年を創出するとともに、男らしさのイデオロギーに対する抵抗という彼の文学に通底するテーマも打ち出しているのである。

1　職業作家としては『タイピー』がデビュー作となるが、貨物船セント・ローレンス号の船員としてリヴァプールに渡る前の一八三九年、メルヴィルは「書き物机からの断片」("Fragments from a Writing Desk")をL. A. V. というペンネームで投稿し、地元新聞の『デモクラティック・プレス・アンド・ランシンバーグ・アドヴァタイザー』(*Democratic Press and Lansingburgh Advertiser*)に掲載されている。

2　メルヴィル自身のヌクヒヴァ滞在は一ヶ月ほどであったが、『タイピー』ではこの期間が四ヶ月に延長されている。

3　出版関係者が『タイピー』に対して示した疑念についてはHoward 279, Parker, *Herman Melville Vol. I* 383, Stern, *Critical Essays* 18も参照。

4　アレクサンダー・セルカーク(一六七六〜一七二一)は、スコットランド生まれのイギリスの船乗りで、デフォーの『ロビンソン・クルーソー』(*Robinson Crusoe*, 1719)のモデルとされる。彼は、航海途中の一七〇四年にチリ沖の無人島に置き去りにされ、それから五年後に救出された。

5　出版前後の『タイピー』に対する反応については、Howard. Stern, *Critical Essays*, Parker, *Herman Melville: A Biography Vol. I* 373-430を参照。

6　『タイピー』の発行部数についてはHoward 298を参照。

7　メルヴィルが一般には忘れられてから「再発見」をされるまでの期間の『タイピー』の受容については、Stern, *Critical Essays* 13-14を参照。

8　レオン・ハワードは、トムという名前が持ち出されたのには、メルヴィルのいとこであるトマス・メルヴィルの存在が影響したと考えている(Howard 291)。『タイピー』と関連する点としては、トマスは、この作品の情報源の一つに数えられる『一八二九年および一八三〇年の合衆国ヴィンセンズ号での南海訪問』(*A Visit to the South Seas, in the U. S. Ship Vincennes, during the years 1829 and 1830*, 1831)の著者のチャールズ・S・スチュアート(Charles S. Stewart)が乗船したのと同じヴィンセンズ号に乗り組み、一八二九年にヌクヒヴァを訪れ、タイピーバレーで一日を過ごしている。トマスの航海についてはHeflin 7を参照。

9　ウィザリントンは、語り手が示したトムという名前について、「このような重大な場面での語り手の嘘は、彼のイニシエーションの基礎となる地位が偽りであることを示し、関与したことすべてを彼が後に否認するということを予示するものとなっている」(Witherington 35)と述べている。語り手が自分の名前について嘘をついているという点ではウィザリントンに同意できるが、『タイピー』のテクストを読むかぎり、偽名を用いることによって語り手がタイピーの集落での体験を否認しようとしているとは言いがたい。

10 「叩き上げの男」についてはKimmel 11-29, Leverenz 1-8, Rotundo 18-25を参照。

11 足の痛みと島への適応および島からの脱出願望との相関については、ウィリアム・B・ディリンガム（William B. Dillingham, 1972）、エドガー・A・ドライデン（Edgar A. Dryden）、フェイス・プリン（Faith Pulin）、リチャード・ルーランド（Richard Ruland）、トマス・J・スコルツァ（Thomas J. Scorza）も指摘している。

12 マルケサス諸島の「文明化」、特にタイピーの制圧についてはHerbert 104-11を参照。デイヴィッド・ポーター（一七八〇〜一八四三）はアメリカ海軍の士官で、米英戦争（一八一二〜一四）においてエセックス号を指揮して太平洋を航行し、アメリカ商船の保護やイギリス船の拿捕を行った。一八一三年にタイピーを征服し、アメリカによるヌクヒヴァの領有を宣言した。

13 男同士の間の親密な関係の構築が青年期に限られていたことについてはRotundo 75-91を参照。「ロマンティックな友情」などの十九世紀にみられた女同士の親密な関係についてはSmith-Rosenberg 53-76, Faderman 147-230, 竹村三三〜八八を参照。

14 十九世紀中葉のアメリカで太平洋諸島の旅行記が多く刊行されていたという点は、『タイピー』の執筆にあたりメルヴィルが数々の文献を渉猟していたという事実にうかがえる。メルヴィルが『タイピー』の情報源とした旅行記は、G・H・フォン・ラングスドルフ（G. H. von Langsdorff）の『一八〇三年から一八〇七年までの世界のさまざまな地域での航海と旅行』（*Voyages and Travels in Various Parts of the World, during the Years 1803-1807*, 1813）、デイヴィッド・ポーター（David Porter）の『一八一二年、一八一三年、一八一四年の合衆国フリゲート艦エセックス号の太平洋への巡航の日誌』（*Journal of a Cruise Made to the Pacific Ocean in the U. S. Frigate Essex, in the Years of 1812, 1813, and 1814*, 1815）——『タイピー』では『合衆国フリゲート艦エセックス号の戦時中の太平洋での巡航の日誌』（*Journal of the Cruise of the U. S. Frigate Essex, in the Pacific, during the War*）と誤記されるものである——、ウィリアム・エリス（William Ellis）の『ソシエテ諸島とサンドイッチ諸島での八年近くにおよぶ居留中のポリネシア研究』（*Polynesian Researches: during a residence of nearly eight years in the Society and Sandwich Islands*, 1829-31）、チャールズ・S・スチュアートの『一八二九年および一八三〇年の合衆国船ヴィンセンズ号での南海訪問』（1831）などである。また、フリークショーのような見世物では、入れ墨を入れた人間は「人種的奇形」、つまり、人種を異とする人間の間では「異常」とみなされる身体を持つ存在として人気を博していた。そのような元船乗りの一人がジェイムズ・オコンネルで、彼は乗り組んでいた捕鯨船が難破した後にミクロネシアのポナペで原住民により無理矢理入れ墨を入れられたと称し、一八三〇年代半ばに渡米してからの約二十年間――メルヴィルが船乗りになってから『タイピー』を出版した時期をはさむ期間――ニューヨークなどでその体を展示していた。フリークショーとオコンネルについてはBogden, Cassutoを参照。

15　サミュエル・オッターによれば、入れ墨がタイピー人にとって宗教的な意味があるというのはメルヴィルの創作である(Otter, "Race" 19)。

16　顔が「科学的」な注目を集めるものであったという点についてはOtter, "Race" 20を参照。

17　メルヴィルが"Mendanna"と記している人物は、一五九五年にマルケサス諸島を「発見」したスペインの航海者アルバロ・デ・メンダーニャ・デ・ネイラ(Alvaro de Mendaña de Neira: 1541-95)だと推定される。フィゲロアは、『タイピー』の中の記述によれば、クリストヴァル・スアヴェルデ・デ・フィゲロア(Christoval Suaverde de Figueroa)という人物で、メンダーニャの航海で記録係を務めたとされるが、実在したかどうかは確認が取れない。ジェームズ・クック(一七二八〜七九)は十八世紀に太平洋探検を三度行ったイギリスの探検家、スチュアート(一七九五〜一八七〇)は従軍牧師として合衆国艦ヴィンセンズ号に乗り組んでマルケサス諸島を訪れた人物、ファニング(一七六九〜一八四一)は一七九八年にファニング島(現在のキリバス領タブアエラン島)を「発見」したアメリカの探検家である。ポーターは註11を参照。

18　ラングスドルフ(一七七四〜一八五二)はドイツの科学者である。ロシアの探検家クルーゼンシュテルン(一七七〇〜一八四六)の航海(一八〇三〜〇六)の一部に参加し、一八〇四年にマルケサス諸島を訪れてヌクヒヴァに十日ほど滞在した。著書に、メルヴィルも参照した『一八〇三年から一八〇七年までの世界の様々な地域での航海と旅行』(1813)がある。また、ラングスドルフは、一八〇五年に叔母の夫であるジョン・ド＝ウルフと出会い親交を結んでいたことから、メルヴィルがラングスドルフについてこの伯父から話を聞いていた可能性が高いと言われている。メルヴィルとド＝ウルフの関係についてはAnderson 15-16を参照。

19　入れ墨を白人/西洋人/キリスト教徒というアイデンティティの喪失、あるいは、タイピー/他者と重ね合わせている議論として、Abrams, Cassuto, Dryden 43, Evelev, Ruland, Stern, *The Fine Hammered Steel* 59, 福岡、『他者で読むアメリカン・ルネサンス』六を参照。なお、ジョン・ウェンケ(John Wenke)も入れ墨がトンモのアイデンティティを変えるものだと論じているが、トンモが取っている「中間の位置」(255)、すなわち、文明人/西洋人と非文明人/タイピーのどちらにも完全には与することのない立場を入れ墨が台なしにすると論じている。なお、顔への入れ墨を受け入れることが、白人/西洋人/キリスト教徒としてのアイデンティティを喪失して他者と同一化すること、あるいは、人種的に転落することを意味するというトンモの見方は、『オムー』に登場するレム・ハーディの描写に引き継がれている。ハーディは、ジュリア号がラ・ドミニカ(ハイヴァーフー)島に向かった際に語り手が出会った白人の元船乗りである。額に陣取るヨシキリザメなど、顔に入れ墨を入れているというハーディは、「キリスト教世界と人間性を棄てた者」と評され、語り手はその顔を「恐怖に近い思い」で眺めている（27）。

20　ジュニパー・エリス（Juniper Ellis）は、入れ墨を白人でもタイピーでもない「中間の位置」への固定化を生むものととらえている。ただし、彼女はこの作用を否定的にとらえ、トンモはこの固定化を「侮辱」として拒絶したのだと論じている（148）。

21　『オムー』において語り手は、ジュリア号に乗り込む際に「タイピー」と呼びかけられ（8）、タヒチのイギリス領事に提出した円形上申書にも「タイピー」と記している（77）。なお、『オムー』において語り手の名前が出されるのは、この二カ所のみである。

第二章　身体の傷と男の主体
――『ホワイト・ジャケット』における男らしさ

はじめに

前章で論じたように、『タイピー』（*Typee*, 1846）は、アメリカ人平水夫の冒険譚としてばかりでなく、アンテベラム期のミドルクラスのジェンダー規範にとらわれない男の主体の有り様が模索される物語、さらに、同時代の男らしさのイデオロギーに対するメルヴィルの抵抗の狼煙となる作品として読むこともできる。この作品において男の主体の再構築という語り手による試みの試金石となったのは、入れ墨という身体加工をめぐる問題である。『タイピー』では、入れ墨という身体の改変を通して男らしさの理念と身体との結びつきが解体され、男の主体が規範にとらわれないかたちで構築し直されていく可能性が示唆されていた。ただし、身体の改変を介した主体の再構築が果たされることなく物語の幕が降ろされてしまっている。

身体と男の主体をめぐる問題は、『タイピー』においては提示されるにとどまり、また、第二長編で『タイピー』の後日譚とされる『オムー』（*Omoo*, 1847）や旅行記の体裁を捨て思弁性を強めた第三長編の『マーディ』（*Mardi*, 1849）では探究されることがなかった。しかしこの問題は、第五長編の『ホワイト・ジャケット、あるいは軍艦の世界』（*White-Jacket, or, The World in a Man-of-War*, 1850：以下『ホワイト・ジャケット』）で再び取り上げられている。[1] そこで本章では、『ホワイト・ジャケット』で提示される男の身体をめぐる問題、すなわち、軍艦における笞刑に焦点を当て、『タイピー』では提示されるにとどまった点、つまり、身体に手が加えられることによって男の主体が攪乱的に構築し直されていく可能性について考察する。まず、笞による傷が男の主体に及ぼす影響について考察する前に、刊行当初は好意的な評価を受けながら、その後、一九二〇年代になってメルヴィルが「再発見」されるまで顧みられることのなかったこの作品がどのような背景で書かれたのかを概観する。次に語り手の青年による笞刑批判を取り上げ、その語りにおいて、笞による傷が男の主体にどのような影響を及ぼすととらえられているのかを示す。さらに、笞の傷による悪影響を免れている特異な例として、航海の終盤に行われる老水夫アシャントに対する笞刑に注目する。そして最後に、笞刑という身体に関わる問題を介して、メルヴィルは同時代の「男らしさ」のイデオロギーとどのように対峙しているのかという点について考察していく。

一．「手間仕事」と呼ばれた文学作品

メルヴィルは、『オムー』の題材となった一八四二年のタヒチ滞在の後、同年十一月にタヒチ島の対岸にあるエイメオ島（現モーレア島）から捕鯨船チャールズ・アンド・ヘンリー号に乗り組んでハワイに渡った。ホノルルでボウリングのピンセッターや店員などの仕事をした後、一八四三年八月に二等水兵としてアメリカ海軍の旗艦船である合衆国号に乗り組み、ペルーのリマなどを経て、一八四四年十月にボストンに戻り船員生活に別れを告げた。『ホワイト・ジャケット』は、合衆国号でのメルヴィル自身の経験を下敷きにした作品で、ペルーのカヤオからヴァージニア州ノーフォークまでの不沈号の航海が一水兵の視点を通して描かれている。この作品では、軍艦内の

階層、当直や軍事演習といった日常業務、食事や睡眠といった生活の詳細、余暇の様子、乗員の転落事故などの航海中に発生した事件、笞刑の詳細とこの刑罰に対する批判、自作の白いジャケットを着続ける羽目になった語り手の受難などが語られる。

『ゴーディーズ・レディース・ブック』誌での「非常に気に入っている」（qtd. in Thorp 434）という書評家のコメントが端的に示しているように、『ホワイト・ジャケット』は、発表されるとすぐに好意的な評価を得た。この作品について特に評価されたのは、『マーディ』で示した哲学的思索の開陳という方向性から、『タイピー』や『オムー』で行っていたような船乗りとしての体験の写実的な描写という方向性へとメルヴィルが舵を切ったという点である。そのことは、「豊かできらめくような才気はそのままだが自らの奇想は制御できるようになり、あからさまなカリカチュアや疑わしい作法のスケッチで台無しにすることなく、生活日誌を誇張のない記述で満たしている」（Higgins & Parker, *Herman Melville* 297）と述べた一八五〇年二月二日付の『ジョン・ブル』誌、「『タイピー』の著者が適切な話題に取り組んでいることを喜ばしく思う」と述べ、この作品の魅力を「著者自身が目の当たりにして感じたこと、また、他の者たちが感じているのを目撃したことのすべてをダゲレオタイプのような自然さで描いている点」（Higgins & Parker, *Herman Melville* 344）だとした一八五〇年五月の『ニッカーボッカー』誌の書評に現れている。また、笞刑といった軍艦における非人道的行為の廃止をめぐる議論が白熱していた時期に出版されたため、「この本は各議員の手に配られるべきだ」（Higgins & Parker, *Herman Melville* 343）という一八四九年四月二五日付の『ナショナル・エラ』紙のコメントにうかがえるように、作品の中で展開される笞刑批判に関心を寄せる書評家たちもいた。[2] 書評での高評価もあり、この作品は出版当初にアメリカでは好調な売れ行きを示した――ウィラード・ソープ（Willard Thorp）によると、一千部発行されたというイギリス版は一八五二年三月四日の時点で六二九部が売れ残っていたというが、それに対してハーパー&ブラザーズ社が発行したアメリカ版は、初版と第二刷の四五三四部のうち三七一四部が一八五一年四月末までに売れ、メルヴィルは六一一・三六ドルの利益を得た（407–408）。しかしアメリカにおいても、この作品がずっと売れ続けたというわけではない。アメリカ版の総発行部数は、一八六六年七月から一八六八年二月の間に増刷された最終版までの五三四〇部で、ハーパー社が一八八七年に口座を閉じるまでの三七年間にメルヴィルがこの作品から得た利益は、合計九六九・四四ドルにすぎなかった（Thorp 437）。ただしメルヴィルにとってこの作品は、第四長編の『レッドバーン』（*Redburn*, 1849）と同様、長男マルコムの誕生により一家の大黒柱としての重責をさらに背負い、また、『マーディ』が商業的に失敗したことから、文学性よりも市場受けを優先して書いたものであった。それゆえ彼はこの二作品に対して複雑な感情を抱き、その感情は義父のレミュエル・ショーに宛てた一八四九年十月六日付の書簡の中で次のように明かされている。

しかし私を満足させるような評価は、この二冊のいずれによっても得られはしないでしょう。これらは二つの手間仕事なのです。私はこの仕事を金のためにやったのです――他の男ならのこぎりで木を挽けと強いられるところ、私はそれを強いられたのです。私は、自分が書きたいと願う類の本を書くことをやめなければならないと感じていました。しかしその一方で、これら二冊の本を執筆するにあたり、私が自分自身をものすごく抑制したということはありません――この二冊に関しては、私は自分が感じたままにかなり多くのことを語りました――このようにして書かれた本ですので、これら二冊の（いわゆる）「成功」を望む気持ちは、私の懐からわき出るものであって、私の心からわき出るものではありません。私個人に関するかぎり、そして私の懐を別にするかぎり、「失敗」と言われるような類の本を書くことが私の心からの願いです。――このような身勝手をお許しください。（*Correspondence* 138–39）

この書簡においてメルヴィルは、『レッドバーン』と『ホワイト・ジャケット』を金欲しさから着手した「手間仕事（jobs）」だと蔑み、娯楽性や話題性よりも文学性の高い作品を本当は書きたいのだと繰り返している。この二つの作品が「手間仕事」であったことは、前者が一八四九年四月または五月から七月までの三ヶ月ほどで、後者が前者の執筆後から九月までの二ヶ月足らずで、しかも前者の校正作業と同時進行という猛烈な勢いで書き上げられたという事実にうかがえる。[3] また、彼が市場受けを意識していたことは、無慈悲な扱いを受ける平水夫の姿を批判的に描いた点、いわば、遅ればせながら笞刑廃止をめぐる議論が白熱していた時流に乗ったという点にも現れている。しかし、彼はこの二作品を侮蔑する一方で、読者に迎合して自らが志向する文学性を完全に封じたわけではないとも告白している。こうした発言は、この二作品を執筆する際に、家族を養えるだけの金を求める「懐」と文学性を追求しようとする「心」との間で彼が揺れ動いていたことを示している。

メルヴィル自身のアンビヴァレントな評価からうかがえるように、『ホワイト・ジャケット』は、当時人気を博し、『タイピー』や『オムー』で彼自身が利用した船員体験記の体裁を取る海洋小説、あるいは、時流に乗って海軍の非人道性を訴えるプロパガンダとして読めばそれで済むというものではない。この作品が大衆受けを狙っただけの作品ではないことは、ニュートン・アーヴィン（Newton Arvin）の「『ホワイト・ジャケット』は、たしかに小説ではないが、単なるパンフレットでもない。特殊で剣呑なところのある想像力に富む作品である」（111）という指摘、ハワード・P・ヴィンセント（Howard P. Vincent）の「単なるプロパガンダ的な批判を超えるなにかがその売れ行きにつながった」（4）という指摘から明らかである。ヴィンセントの言う「なにか」とは、参照した資料を自家薬籠中の物として軍艦の日常を詳細かつ鮮やかに描き出す手腕、彼自身の経験にも参照資料にもないエピソードを創り出してそれをドラマティックに語る手腕、語り手のジャケットに仮託したシンボリズムという点であるだろう。『白鯨』（1851）に次ぐ「メルヴィル最大の偉業」（Mumford 118）、『マーディ』から『白鯨』までの「重要な過渡期の作品」（Reynolds 149）、「メルヴィル初期の事実を扱うナラティヴの極致」（Samson 130）といった評価に現れているように、この作品は、売れることだけを目指した「手間仕事」ではなく、メルヴィル独自の芸術性を宿した文学作品であると高く評価されている。

『ホワイト・ジャケット』は、自伝とも、プロパガンダとも、ドキュメンタリーとも、教養小説《ビルドゥングスロマン》ともとらえることができ、特定のジャンルへの分類を拒むところがある作品である。チャールズ・ロバーツ・アンダーソン（Charles Roberts Anderson）の研究により自伝的作品とはみなされなくなっているが、この作品が様々なジャンルを融合させたものであることに変わりはない。異種混淆的な特性のためか、この作品は、メルヴィルが参照した資料との関係、当時の社会情勢との関係、人種、語り手の成長など、さまざまな観点から論じられてきた。[4] この作品がメルヴィルの初期作品の極致、あるいは、『白鯨』につながる過渡的な作品であるとすれば、『タイピー』で提示され『白鯨』に引き継がれている問題、すなわち、身体の改変を通して男の主体が攪乱的に構築し直される可能性がこの作品の中でも語られているはずである。しかしこれまでの研究では、『タイピー』における入れ墨の問題と『ホワイト・ジャケット』における笞刑の問題を人種の観点から論じたサミュエル・オッター（Samuel Otter）の論文を除けば、笞刑や「鬚の大虐殺」事件という身体に関わる問題は、『タイピー』と関連づけられることがほとんどなかった。

二　笞で打たれるということ

『ホワイト・ジャケット』において身体と男の主体の関係をめぐる問題として前景化されるのは、笞刑である。ホワイト・ジャケットと呼ばれる語り手の青年は、笞刑についての持論を展開させるのに先立ち、第三三章「笞刑」（"A Flogging"）においてこの体罰が甲板の上でどのようにして行われるのかを示してみせる。ここでは、問題を起こした張本人とされるジョン、ハンサムで仲間うちでも人気がある十九才の若者ピーター、真面目な中年とされるマークとアントンの四名が喧嘩をしたかどで処罰される際の様子が描かれるが、注目すべきはジョンとマークに対する処罰の描写である。最初に罰せられるジョンについては、「笞が振るわれるたびに、囚人の背中に長い紫色の横縞がどんどん隆起していった」（137）と語られ、笞が受刑者の身体にどのような傷を負わせるのかが具体的に示される。マークについては、笞を振るわれた際の彼の様子とその後の彼の変化が次のように語られる。

三人目の囚人のマークは、罰を受けている間、身を縮めて咳をしただけだった。彼は肺かどこかを病んでいた。彼は笞刑から数日は勤務につかなかったが、一部には極度の精神的苦痛のためだということであった。彼にとってはこれが生まれて初めての笞刑であり、彼は肉体の傷以上に侮辱を感じたのだ。それから航海が終わるまで、彼はぶっすりとした無口な人間になった。（137-38：強調引用者）

このマークの描写では、処罰後の彼の変化にまで言及することにより、笞刑は笞で打たれた者の外面よりも内面を傷つけその人間性に甚大な影響を及ぼすということが示されている。そしてこの章を締めくくるにあたり、語り手は、この後に続く三つの章、すなわち、第三四章「笞刑の悪影響」（"Some of the Evil Effects of Flogging"）、第三五章「笞刑は不法である」（"Flogging not Lawful"）、第三六章「笞刑は不要である」（"Flogging not Necessary"）で展開させる笞刑批判を先取りするように、「人間が奴隷さながらに裸にされ、犬よりも手ひどく笞を加えられる姿が見られるだろう。何のためにか。本質的には罪とはならない理由で、ただ恣意的な法によってそのようなことがなされるのだ」（138）と語り、法によって平等に守られるアメリカの市民であるはずの白人水兵が、不公平な法の運用によって市民とは認められない存在へと貶められ完膚無きまでに打ちのめされるという笞刑の問題点が表明される。

ホワイト・ジャケットは、笞刑に対する持論を展開させるにあたり、笞で打たれる者がこの処罰によって被る影響を論じていく。彼は批判の口火を切る際に、「体刑ならば一瞬のうちに済み、貴重な時を浪費する必要もなく、被告にシャツを着せてやったらそれでおしまいだ」（139：強調原文）との体罰を是認する海軍士官の見解を引いている。しかし彼は、陸の人間の印象を利用して「不条理、いや、不条理よりもひどい」（139）と述べ、笞刑賛成派の見解を言下に退けている。笞刑が受刑者に及ぼす悪影響を目の当たりにしているホワイト・ジャケットに言わせれば、笞刑は、一瞬で済むどころか「墓場までその痕跡を携える刑罰」（142）であり、「猫鞭」（142）、すなわち、十九世紀末まで英国海軍などでの体刑で用いられていた「九尾の猫鞭」は受刑者の肌を突きぬけ、その人の内奥にあるものまで打ちくだき、衣服では隠しきれない傷跡を残すものなのである。笞刑が受刑者を完膚無きまでに打ちのめしてしまうことは、先に挙げたマークの例で示されている。また笞刑に対する語り手の見解は、クラレット艦長の命令を拒んだアシャントに対する処罰の後、第八八章「海軍における笞刑」（"Flogging through the Fleet"）でも繰り返される。彼はここで、笞による肉体の損傷、すなわち、枕のように隆起した傷や焼き出されたかのように変色した肌について語るだけでは十分ではないとし、「その人がサイの皮膚と体質でも持っていないかぎり二度と以前の人間に戻ることはなく、骨の髄まで割られ砕かれたまま、天命よりも早く死の淵に沈む」（371）と語る。笞刑とは、受刑者の外面以上に内面を傷つけ、その人の人格を痛ましいものに変えるほどの悪影響を及ぼすものだというのである。

　笞刑は受刑者を打ちのめして痛手を負わせるものとされるが、具体的には何が傷つけられるのだろうか。ホワイト・ジャケットは、笞による傷は軍艦に乗っていた者の目にはどれほど時が経っていようとも識別可能な「痕跡」として残ると述べて笞刑の影響の大きさを示すが、その直後に「真の尊厳は不可蝕のものなので、舷門で笞を打たれても辱めとはならない場合がある」（142）と前言とは矛盾する発言をしている。ここで彼は、「真の尊厳」、あるいは「生得の尊厳」を「魂の聖なる秘所に置かれた静謐なものの一つ」、「神と人間との間にあるもの」と定義し、この「尊厳」は神聖なものであるため、いわれのない罪で笞を振るわれたとしても傷つけられることはないとしている（142）。ところが彼は、「舷門で背中から血を流しながらその魂からは苦しみに満ちた恥辱の滴を滴らせる水夫は、なんという苦痛に耐え忍ばなければならないのだろう！」（142）と語り、ジョン・サムソン（John Samson）が指摘するように（134-35）、笞刑が悪しき影響を及ぼすか否かは受刑者の反応次第であるとでもいうかのような見解を示す。ただしホワイト・ジャケットは、この発言をするとすぐに笞刑の糾弾へと立ち返り、「神ご自身が神聖とされるもの」（142）を汚すものであるとして笞刑の悪性を訴える。彼の一連の発言から、笞刑によって深く傷つけられるものは人間の「尊厳」であると言える。

笞刑の違法性を訴える第三五章において、笞刑が人間の「尊厳」を踏みにじる制度であるというホワイト・ジャケットの批判は激しさを増し、彼が擁護しようとする「尊厳」の輪郭が明らかにされていく。この章で糾弾されるのは、笞刑を行う法的根拠とされる軍法第三二条の運用をめぐる問題である。この条項は、「海軍に所属する者が犯した罪で、前項で明記されていないものは、海上での事情に応じた法律ならびに慣習に従って処罰しなければならない」（143）というものである。この条項の問題とは、艦長が立法者、裁判官、執行人の三役を兼ねることになるため、違法行為についてのあらゆる決定が艦長自身の良識にゆだねられている点、そして、処罰の対象が水兵に限定されている点である。ホワイト・ジャケットは、水兵だけが笞で打たれるという不平等なかたちで処罰がなされる状況を特に問題としている。彼にとって、このような専制的で不公平な法の運用は、艦長や士官と同じ「アメリカの市民」（145）であるはずの水兵から、市民が有するとされる自らの身体に対する管理権を不当に奪い、彼を奴隷のような隷属状態に置くものである。[5] それゆえホワイト・ジャケットは、自伝や回顧録を著した元船乗りの語りを踏襲しながら、水兵から市民としての《シチズンシップ》地位を奪うこの法令は自由と平等をうたうアメリカの民主主義の精神にもとるものであると語り、「自由民の国の市民を奴隷に変えるものであってはならない」（144）と非難する。[6] さらに彼は、建国の精神にもとる法令によって管理されている水兵の状況について、「彼にとって、我々の革命は無駄であったし、独立宣言は虚言である」(144)と痛罵するのである。

ホワイト・ジャケットによると、公平さを欠く笞刑の執行により市民としての地位を奪われるのは舷門で笞を振るわれる水兵だけではない。処罰への立ちあいを義務づけられている残りの水兵もまた、笞刑によって市民としての地位が揺らぐというのである。笞を振るわれるか否かにかかわらず、笞刑により水兵の市民としての地位があやうくなっていることは、黒人のメイデイとムラートのローズウォーターへの笞刑に対する語り手の反応や、黒人奴隷ギニアに対して語り手が抱く羨望から読み取れる。メイデイとローズウォーターに対する笞刑は第六六章「軍艦における娯楽」("Fun in a Man-of-war")で語られる出来事で、甲板上で行われる娯楽の一つである「頭突き」の格闘家を務めさせられる二人が、艦長の許可のないところで諍いを始めたために両者そろって処罰を受けることになったというものである。ホワイト・ジャケットは、彼らに対する処罰に立ちあった後で「虐げられる人種の者よ。おまえは犬のように貶められるのだ」(277)と語り、ローズウォーターを特に憐れむ。彼は笞で打たれたムラートに対して憐憫を示すと同時に自分が白人に生まれたことを喜び、「どういうわけか、僕らの内なるところにはなにものかがあって、どうしようもないほど落ちぶれても、自分で自分を欺き、自分たちよりも地位が低いと考えられる者がいれば、彼らに対する架空の優越感情を覚える機会をとらえるものだ」(277)とその理由を説明する。ローズウォーターに対する語り手の憐憫とそこに潜む白人としての優越感は、白人水平の立場の危うさを示すものである。それはつまり、白人であってもいつ黒人奴隷のように手ひどく笞で打たれるか分からないため、骨相学などの「科学」的知見をもとに論じられていた人種的優位を拠り所とでもしないかぎり、市民としての自らの立場を確かめられないという状況に白人水兵が置かれているということである。そのような白人水兵の状況は、ホワイト・ジャケットがローズウォーターに憐憫を示した直後に語られる出来事、すなわち、いわれのない規則違反のために彼自身が笞刑の危機に直面するという事件によって証明される。

他方、主計官の従者を務めるヴァージニアの黒人奴隷であるギニアは、市民の身なりをして自由に甲板をうろつき、「白色人種の乗員が受ける規律上の地位格下げ」（379）と呼ばれるものを免除されている。ギニアが免除されているものの一つが笞刑への立ちあいで、このため彼は水兵たちの羨望を集めている。陸では絶えず笞の脅威にさらされている奴隷の身分であるギニアが笞州の場面からは退出できるという皮肉も、白人水兵が軍艦の上では市民としての地位を奪われ奴隷のように扱われる境遇にあるということを示すものとなっている。ギニアという黒人奴隷の存在を通して、実際には笞を振るわれないとしても、軍艦の上では白人水兵の市民としての地位が危ういものになっていることが浮き彫りになっている。

ホワイト・ジャケットは、その笞刑批判において、公平性を欠く法の運用により白人水兵の「アメリカの市民」としての地位が蹂躙されていると主張している。彼の議論において、市民としての地位とはどのようなものを指しているのだろうか。マイラ・C・グレン（Myra C. Glenn）は『体罰反対運動――アンテベラム期の囚人、水兵、女、子供』（*Campaigns against Corporal Punishment: Prisoners, Sailors, Women, and Children in Antebellum America*, 1984）の中で、水兵への笞刑といった体罰を批判する動きは、権威に対するアメリカ人の態度の変化を反映したものであると指摘している。グレンによれば、独立戦争後の社会においてアメリカ人はもはや「絶対的な支配者に従属する者」ではなく、「正式な合意によってのみ統治され、『奪うことのできない権利』と法の前の平等を憲法上保証され」ている「市民」となっていた（Glenn, *Campaigns* 55）。グレンの指摘を踏まえれば、市民としての地位とは、基本的人権と法の下の平等が保証されている状態ということになるだろう。このような地位は、まず男の間で徐々に広がっていったものであり、植民地時代に一人前の男とはみなされていなかった者、すなわち、独身男に対しても、納税や兵役といった義務を果たすことで「みなし市民」（McCurdy 8）として独立戦争期に認められるようになっていた。[7] さらに独立戦争後には、この地位は白人のヨーロッパ系の男に等しく与えられるようになった（Glenn, *Jack Tar's Story* 139）。このような経緯を踏まえれば、市民であることとは白人の男であることの謂いになる。それゆえ、ホワイト・ジャケットが笞刑によって蹂躙されると主張するもの、すなわち、何者にも侵すことのできない人間の「尊厳」とは、アメリカ的な男らしさであるとも言えるだろう。

　ホワイト・ジャケットは、笞刑という肉を切る行為を「人を貶めるような処罰」（145）、「汚名」（145）、「侮辱」（146）といった言葉で弾劾するが、それはこの体罰が「人間の本質的な尊厳」（146）に反するためである。アメリカ市民であるはずの水兵の「尊厳」を打ち砕き、男らしさを破壊するものであるからこそ、彼は海軍における笞刑を「正邪の問題」（146：強調原文）ととらえ、「宗教的にも、道徳的にも、さらに永久不変に悪」（146：強調原文）であるとしてこれを糾弾するのである。

三　笞を打たせるということ

　ホワイト・ジャケットは、男らしさの謂いである「尊厳」を踏みにじるものとして笞刑を激しく批判しているが、その一方で、神聖不可侵である「真の尊厳」を持つ者であれば笞刑による悪影響を被りはしないとしている。『ホワイト・ジャケット』では、笞で背中を傷つけられながら笞刑の悪影響を免れている例、つまり、「真の尊厳」が示される事例が描かれている。それは、「鬢の大虐殺」と呼ばれる出来事の後に行われる船首楼班長アシャントに対する笞刑である。

　アシャントは、「海の六十男の好例」（353）として紹介される。彼は「職務が渾身の努力を必要としない時には、驚くほど沈着で抑制のきいた、無口で荘厳な老人」（353）で、乗組員のどんちゃん騒ぎからは超然と距離を置き、哲学を語るのを好む人物であるとされる。違法行為に手を染めるようには思われないアシャントの笞刑は、「鬚の大虐殺」と呼ばれる出来事をきっかけとして行われる。この事件の顛末は、次のようなものである。不沈号が北回帰線を越えたところで、士官も水兵もその鬚は口より下にあってはならないという海軍の規則に従って鬚を刈り込むべしとの命令がクラレット艦長からくだされ、反乱に発展しかねないほどの強い反発を引き起こしながら、水夫たちの「戻りの旅路鬚」(353)が大量に剃り落とされることになった。年齢および職位から赦免されるだろうと目論んだ年配の者たちは最後まで抵抗を示したが、艦長の強硬な態度に直面して鬚を剃ることを余儀なくされる。しかし、「胸までも垂れ下がる、タールにくっついてこんがらがることもしばしばであった、長大白髪のねじけ鬚」(353)を最大の特徴とするアシャントだけは、この命令を断固として拒否し笞刑に処せられる。[8]

笞で背中が傷つけられることを恐れて鬚を差し出した他の水兵たちとは異なり、アシャントは、艦長の命令に抵抗する姿勢を崩さず、鬚を死守するためにあえて笞に打たれて肉を切らせたとすら言える。鬚を守るためならば笞刑も辞さないというアシャントの姿勢は、第八七章「舷門に立つ老アシャント」("Old Ushant at the Gangway")におけるクラレット艦長との次のようなやりとりに現れている。


「さて、その鬚を取り払わせてくれるのだな？　一晩眠って考えたろう。どうだね？　私はおまえのような老人を笞にかけたくはないのだよ、アンシャント！」

「わしの鬚はわしのものです」老人が小声で言った。

「取り払わせてくれるな？」

「これはわしのものです！」老人は震えるように言った。

「格子枠をはれ！」艦長が咆えた。「兵曹長、奴の服を脱がせろ！　操舵員、奴を取り抑えろ！　掌帆員、任務につけ！」

執行人が任務についている間に、艦長の興奮が和らぐだけの時間がいくらかあった。ついに老アシャントの手足が拘束され、彼の尊い背中――フリゲート艦コンスティテューション号がゲリエール号を捕らえた際に、その火砲に会釈をした背中だ[9]――があらわにされると、艦長の態度が軟化したようであった。

「おまえはずいぶんな年寄りだ」艦長は言った。「おまえを笞にかけるのは忍びないが、私の命令には服従してもらわねばならん。もう一度チャンスをやろう。その鬚を取り払わせてくれるな？」

「クラレット艦長」縛られた体を痛々しそうに回して、老人は言った。「わしを笞にかけるのならそうなさればよいのです。だが、この一点だけは服従できません。」

「打て！　奴の気骨を見てやるわ！」と、艦長が突如激して咆えたてた。（365：強調原文）

このやりとりにおいて際立っているのは、クラレット艦長とアシャントの対照的な態度である。アシャントが冷静に、しかし、決然として「自分の鬚は自分だけのものである」という主張を繰り返すのに対し、クラレット艦長はその時々の感情に流され、ホワイト・ジャケットが笞刑批判において糾弾していたもの、つまり、「恣意のままに法を作ったり破ったりする絶対君主」（144）のようになっている。激情に駆られるままに刑の執行を命じるクラレット艦長とは対照的なアシャントの言動は、彼が神聖な「尊厳」を持つ人物であることをうかがわせる。刑の執行に先立つクラレット艦長との対決において、アシャントは艦長よりも精神的に優れた人物ととらえられている。語り手は第九十章「海軍の乗組み」（"The Manning of Navies"）で士官よりも人間的に優れている船乗りについて述べているが、アシャントはそのような船乗り、すなわち、「道徳的感受性という特性を示し、その行いが内にある尊厳を現す船乗り」（384）の一人ととらえられるとともに、「恥もなく、魂もない男で、男らしさという尊厳がかけらもないために男と呼ぶことはほとんどできない」（384）とされる「流れ者」なる人物とは対照的な存在となっている。

艦長との対決において、アシャントは自らの鬚を守るためならば処罰も辞さないという覚悟を見せているが、彼はなぜ笞で背中を傷つけられてでも鬚を守ろうとしたのだろうか。彼にとって鬚はどのような意味を持つものなのだろうか。「鬚の大虐殺」について語られる直前、第八四章「軍艦の床屋」（"Man-of-War Barbers"）において、不沈号の水兵の間で「広大な鬚」（352）が流行しており、三年間の航海で鬚を伸ばすことが水夫たちの慣例となっていたと語られる。陸の人間に感銘を与えようとの意図があったとされることから、水兵の鬚は軍艦の過酷な環境を耐え抜いたことを証明するもの、言い換えれば、海の男としての男らしさを表す記章とみなされていると言える。鬚が男らしさの象徴とされていることは、ホワイト・ジャケットが「鬚の大虐殺」を「野蛮」（360）と非難する際に「この男らしい鬚にかけて」（360）と語っている点、また、ホワイト・ジャケットが敬愛する檣楼長のジャック・チェイスが床屋に鬚を剃らせる場面で自分の鬚を「神聖なるもの」（360）や「私の男らしさ」（361）と述べている点にも現れている。

鬚は、アシャントにとっても男らしさを象徴するものであるが、「流行」（352）あるいは「慣習」（353）から伸ばしていたという水夫たちとは重みが違うものとなっている。哲学を語るのを好む彼の人物像が「海のソクラテスのようなもの」（353）と表現され、古代ローマの風刺詩人ペルシウスがソクラテスに対して用いた「鬚の巨匠」（353）という喩えが用いられている点から明らかなように、哲人としてのアシャントの人となりが鬚と分かちがたく結びつけられている。アシャントの鬚が彼の人物像と不可分であることは、他の登場人物の鬚の描写と比較してみると明らかになる。例えば、ジャック・チェイスの場合は「豊かな栗色の鬚」（13）という描写があるだけで人物像との関連はうかがえず、また、クラレット艦長の場合は「皇帝然とした頬にあるわずかばかりな鬚」（356）というように、その人物像との関連がごく短く語られるにすぎない。軍艦での忍耐を証明する記章のようなものととらえて打算的に鬚を伸ばしていた者たち、例えば、床屋を前に愁嘆場を演じてみせてはいるが、鬚を剃り落とすという決断に関して「もっと落ち着いている時には、ジャックは賢明な男であった。それで結局、これに従うのがともかく賢明だろうと、彼は考えたのだ」(360)と語られるジャック・チェイスとは異なり、[10]アシャントにとっての鬚は、彼の「尊厳」、前節での議論を踏まえれば、彼の男らしさそのものなのである。彼の鬚が彼の神聖不可侵な「尊厳」となっていることは、「自分の鬚は自分だけのもの」という彼が繰り返す主張——舷門での艦長との対決の前には「しかし、老アシャントの鬚は奴だけのものなのです!」(364)、「思うに、わしの鬚はわしに与えられておるのです」(364)、「これはわしのものです!」(365)という言葉でも語られ、笞で打たれた後にも繰り返されるものである——によって表明されている。そしてアシャントは、彼の「尊厳」である鬚を守るためにあえて背中に傷を受けるという覚悟、クラレット艦長が言うところの「気骨(backbone)」を見せる。しかし、ホワイト・ジャケットによる笞刑批判を踏まえれば、笞による背中の傷は、「アメリカの市民」、すなわち、白人の男に特権的に認められる「アメリカの男」という地位からの転落につながるものであり、白人水兵が「アメリカの男」であり続けるためには忌避すべきものである。ホワイト・ジャケットの笞刑批判に従えば、また、クラレット艦長の思惑においても、アシャントが示した「気骨」は、自由市民に与えられている自らの身体に対する管理権を彼から剥奪し彼を貶めるものとなるはずである。しかし、「相手の名を汚そうと謀る者が自らの身を汚すことにしかならないなら、それは名折れにはならない」(366)という笞刑直後に発せられた言葉から明らかなように、アシャントは笞刑の悪影響を被ってはいない。むしろ彼の「気骨」は、自らの身体部位に優先順位をつけ最優先のものには手を触れさせまいとするもので、身体の管理権を主張しそれを行使するものとなっている。アシャントの笞刑は、身体の損傷が象徴するものを解体し、彼の男らしさを強化するものとなっている。

ウィリアム・B・ディリンガム（William B. Dillingham）の言葉を借りれば、「男らしさの手本、すなわち、真の尊厳という意味での師匠」（*An Artist* 76）にあたるアシャントは、笞刑を受けても傷つけられない「真の尊厳」を持つ特異な存在である。しかしながら、彼の笞刑は、肉体の傷が男としての主体の崩壊を必ずしも招くわけではないということ、また、肉体の傷はそこに付与される意味をかき乱し、男の主体の再構築を促す可能性もあるということを示している。

四．肉を切らせて

『ホワイト・ジャケット』では、肉体はおろか人間としての「尊厳」を蹂躙するものであるからこそ、笞刑は廃止されるべきであるという批判が一貫して行われている。機械化に起因する労災などで身障者が増加する以前のアメリカでは、身体の傷は男らしさを損なうものととらえられていた。[11] 男らしさと言い換えられる「市民としての地位《シチズンシップ》」も傷つけることになるからこそ絶対的な悪であるという語り手の笞刑批判は、傷のない白人の身体を男らしさと結びつける通念を踏襲するものである。しかしもう一方で、アシャントという特例が挿入されることでこの通念が切り崩されてもいる。身体への傷をあえて受け入れることで「尊厳」、すなわち、男らしさを示す人物を創造してみせたことから、メルヴィルは『ホワイト・ジャケット』において、同時代の性規範に対する抵抗の戦略を進化させているように見える。

前章で論じたように、メルヴィルは、第一長編の『タイピー』ですでに同時代の男らしさのイデオロギーに抵抗し、そこからの逸脱を試みていた。前期の終盤に書かれた『ホワイト・ジャケット』において、『タイピー』では示唆されるにとどまったもの、すなわち、身体を介した男らしさの規範からの逸脱がアシャントの例を通して提示されている。このテクストに『タイピー』からの発展を見出すことができるとするならば、男らしさからの逸脱を試みていた人物、つまり、トンモに相当する人物に対し、その発展がどのように反映されているのだろうか。『ホワイト・ジャケット』においてトンモに相当するのは語り手のホワイト・ジャケットである。「男らしさの手本」となるアシャントからの学びを通してこの青年は男らしさに到達するというディリンガムの指摘（Dillingham, *An Artist* 76）を踏まえると、「尊厳」、すなわち、男らしさを守るためにあえて体を傷つけさせるというアシャントの姿を通して、男らしさは身体の傷によって損なわれるどころかむしろ高められる場合もあるということ、いわば、身体の改変が男の主体に対して持つ攪乱性についてホワイト・ジャケットの目が開かれたと考えられる。そのことは、ジャケットをナイフで切り開くという物語の終盤で彼が行う行為にうかがえる。彼の白いジャケットは、彼が航海中に経験する苦難の元凶とされるもので、白人水夫の貶められた男らしさを象徴的に表しているとも言える。このジャケットは、「当て布が当てられ、詰め物ばかりで穴だらけ」（5）と描写されるように表皮と真皮という層や皮膚腺を彷彿とさせる形状をしたもので、物理的には着脱可能であるにもかかわらず引きはがそうとしても引きはがせない擬似的な皮膚になっている。さらにこのジャケットは、彼の呼称としても用いられているため、彼の主体と不可分になっている。彼がこのジャケットを切り裂く様子、すなわち、擬似的な皮膚の切断は、「腰帯に差していたナイフを抜くとジャケットを縦一文字に切り裂いたが、まるで僕自身を切り裂いて開けるみたいだった。それから渾身の力をこめジャケットの中から躍り出て、やっと自由の身になった」（394）と語られる。帝王切開を連想させる描写にうかがえるように、この場面は主体としての彼の再生を示唆するものとなっている。[12] ただし、語り手によるジャケットの切断はあくまで偶発的に行われたものであり、また、擬似的な皮膚をはぎ取ることで彼の主体がどのようなものとして再生を遂げたのかは作品の中で明示されていない。ホワイト・ジャケットに関しては、アシャントの笞刑を通して身体の改変が男らしさの規範を攪乱させうるということに彼が気付いた可能性があると推測されるにとどまる。

第一節で述べたように、メルヴィルは義父に宛てた書簡の中で、『ホワイト・ジャケット』を「手間仕事」の一つとみなしながら、自分を完全には抑制せずに「感じるままに」書いたところも多いと告白していた。そのようにして彼が書き込んだものの一つは、同時代の男らしさのイデオロギーに対する抵抗であり、身体の改変を通した男らしさからの逸脱である。第二節での議論を踏まえれば、あえて笞を受けるというアシャントの行為は、アメリカの市民、すなわち、アメリカの男が有するとされる身体の管理権を攪乱的に行使するものであり、さらに、無傷な身体を持つ白人の男を男らしいとする当時の通念を覆すものでもある。文学市場から評価されるためには抑制的にならざるをえなかったという状況の中で、身体の改変による男らしさからの逸脱を体現する人物を登場させたことから、『ホワイト・ジャケット』は、懐を暖めるための「手間仕事」というよりもむしろ、アンテベラム期のミドルクラスのジェンダー規範に対する抵抗者としてのメルヴィルの進化を示す作品になっていると言える。さらに、無傷な白人の身体を「標準」とする当時の男らしさのイデオロギーに抗おうとする彼の姿勢は、この作品を上梓してから市場受けよりも芸術性を追求する方向へと転じた時、すなわち、『白鯨』においてさらに先鋭化していくのである。

1　第四長編の『レッドバーン』にも、父子関係や男同士の「友愛」といった男の主体の有り様にかかわる問題は書き込まれている。しかしこれらの問題意識は、本章で焦点を当てるものとは異なっているためこの作品は取り上げない。

2　アメリカ海軍における笞刑は、一七七五年の大陸会議で制定された。その後一八〇〇年には、笞打ちの回数が艦長の命令による場合は十二回、軍法会議の議決による場合は一〇〇回までと定められた。笞刑の廃止を求める声は、一八四五年までに、アルコール（グロッグ）の支給廃止を求める声とともに高まっていった。笞刑廃止に関する法案は、まず一八四八～四九年の会期に下院で議論され、否決された。しかし、一八四九〜五〇年の会期には下院を通過し、一八五〇年九月に上院でも可決され、笞刑が廃止された（Anderson 430-31）。笞刑をめぐる議論が白熱していた時期に執筆・出版されたことから、メルヴィルはこの作品が軍関係者からの反撃にあうのではないかという不安を感じていたようである。そのことは、先輩作家のリチャード・ヘンリー・デイナに宛てた一八四九年十月六日付の書簡においてこの作品が不当な扱いを受けた場合には声をあげてもらいたいと依頼している点（*Correspondence* 140）、レミュエル・ショーに「ある方面で攻撃にさらされるのは間違いないでしょう」と語っている点にうかがえる。なお、笞刑廃止運動との関係では、『ホワイト・ジャケット』が議事堂の各議員の机の上に置かれ議決に影響を与えたと言われることがあるが、この作品が議場に持ち込まれたことや審議の場で言及されたことを明示するものはない。プロパガンダとしての真偽のほどについてはAnderson 431, Vincent 4を参照。

3　『レッドバーン』と『ホワイト・ジャケット』の執筆時期についてはThorp 403-03, Vincent 1-2を参照。

4　参照資料との関係から論じたものとしてAnderson, *Melville in the South Seas*やHoward P. Vincent, *The Tailoring of Melville's White-Jacket*、当時の社会情勢との関係から論じたものとしてJames Duban, *Melville's Major Fiction*, David S. Reynolds, *Beneath the American Renaissance*, John Samson, *White-Lies*、人種の観点から論じたものとしてSamuel Otter, "Race" および *Melville's Anatomies*、語り手の成長という点から論じたものとしてWilliam B. Dillingham, *An Artist in the Rigging*がある。

5　マイラ・C・グレンによると、自らの身体に対する管理権という概念は当時世間に浸透していたもので、この権利を侵すような行為から身体は守られなければならないという信念が様々な社会改革運動を駆動したとされる（Glenn, *Jack Tar's Story* 115）。また、サミュエル・オッターによると、社会的弱者をめぐる政治言説において奴隷のアナロジーが頻繁に用いられたが、元奴隷のアフリカ系アメリカ人の作家たちはそれに異論を唱えた。そのような元奴隷の作家の一人であるフレデリック・ダグラスは、移動の禁止、集会の処罰、箝口とともに、身体の管理権の剥奪を奴隷の身分を規定する要素であると論じた（Otter, *Melville's Anatomies* 58）。

6　元船乗りたちの笞刑批判の語りについてはGlenn, *Jack Tar's Story* ch4を参照。

7　「市民の地位」が一部のエリートのものから変容していく過程については、McCurdyを参照。

8　ヴィンセントは、希望的観測であると前置きしながら、アシャントのモデルとしてジョセフ・パーマーという人物の名前を挙げている。パーマーは、ブロンソン・オルコットとチャールズ・レーンが一八四三年に設立したフルーツランド・コミュニティに関わり、コミュニティの解散後にはその土地を買い取って農園を経営した人物である。パーマーは、キリスト教徒らしからぬものとみなされる風潮がある中で鬚を伸ばしていたが、彼に鬚を剃るように求める地域住民と立ち回りを演じ、治安を乱したかどで投獄されたと言われる。パーマーについては Vincent 185-86 を参照。

9　コンスティテューション号はアメリカ海軍のフリゲート艦で、一八一二年戦争などで活躍した。ゲリエール号は、一八一二年戦争でコンスティテューション号に撃沈されたイギリスのフリゲート艦である。

10　打算的な面があるなど、ジャック・チェイスの人物造型には理想の男とは言いがたいところがある。チェイスの人物像に見られる問題点については Haberstroh, Jr. 85-92 および福岡『変貌するテキスト』の第三章を参照。

11　健康で傷のない身体を「男らしさ」と結びつける傾向など、アンテベラム期のアメリカにおいて身体に向けられていた眼差しについては Etter や Thomson を参照。

12　語り手によるジャケットの切開が彼の再生をもたらす行為ととらえられるという点については、Dillingham, *An Artist* 77 も参照。

第三章　畏怖される男
――『白鯨』におけるエイハブの主体

はじめに

メルヴィルは、特に初期作品において身体に強い関心を示し、標準の枠から外れた身体をめぐる問題を書き込むことで、社会に浸透していた男らしさのイデオロギーに対する抵抗の姿勢を示していたと考えられる。前章で示したように、第五長編『ホワイト・ジャケット』（*White-Jacket,* 1850）では、老水夫アシャントの笞刑を通して、身体の傷が規範的な男らしさを超越する契機になることが提示されている。この作品は、初期作品の中で最も実験的であった第三長編『マーディ』（*Mardi,* 1849）から彼の代表作となる第六長編『白鯨』（*Moby-Dick,* 1851）への橋渡しとなる作品とも位置づけられる。[1]『白鯨』が『ホワイト・ジャケット』から進化していった作品であるならば、男らしさのイデオロギーに対するメルヴィルの抵抗は、この長大な作品においてどのように先鋭化しているのだろうか。非標準的な身体と男らしさの関係について考察するにあたり本章では、この作品の主な舞台となる捕鯨船ピークォッド号の船長エイハブに注目する。彼の身体に焦点を当て、男としての彼の主体がどのようなものとして提示されているのかを論じていく。

メルヴィル・リヴァイヴァルと呼ばれる再評価が一九二〇年代に起こって以来、『白鯨』は、「これまでのところアメリカ的な想像力を最もよく表している芸術作品」（Chase 91）であるといった評価とともに、アメリカ文学の正典と位置づけられてきた。この作品では、ユーモアやリアリズムなどの異なるスタイル、また、叙事詩、博物誌、哲学、戯曲などの複数のジャンルが交錯する中、イシュメールと名乗る平水夫の青年を通して、鯨学や白さについての考察といった脱線を経つつ、彼が乗り組むことになったピークォッド号の航海、すなわち、モービィ・ディックと呼ばれる白く巨大な抹香鯨に宿恨を抱くエイハブによる追跡劇の顛末が語られていく。

これまでの研究においてエイハブは、独裁的な絶対主義者とされ、相対主義的なイシュメールとは対照をなす人物ととらえられてきた。[2] 彼はまた、イシュメールの親友となる南海出身の銛打ちのクィークェグとも対照的な存在ととらえられ、友愛や平和を象徴するクィークェグに対して支配や攻撃性を象徴していると指摘される。[3] 独裁的で攻撃的な絶対主義者というエイハブの人物像と分かちがたく結びついているのは、モービィ・ディックに襲われたことにより彼が強いられた身体の改変である。

エイハブの身体が非標準的なものであることは、彼が登場する以前に明らかにされている。イシュメールは、ピークォッド号への乗船を申し出た際に、船長が鯨に襲われて片足を失っていること、船主の一人であるピーレグの表現を借りれば、「とてつもなく大きな抹香鯨」に片足を「むさぼられ、かみつぶされ、砕かれた」ということを聞き出している（72）。船を離れたイシュメールは、鯨に片足を奪われたというまだ見ぬ船長について次のように述べる。

そしてどういうわけか、その時、僕は彼に対して共感と悲しみを覚えたが、それが残忍なかたちで片足を失ったことに対してでなかったとするなら、何に対してそう感じたのかは分からない。しかも、僕は彼に対して奇

> 妙なおそれも感じた。だが、その種のおそれは、言葉ではとても表現できないものなのだけれども、正確にはおそれではなかった。それが何であったのかが僕には分からない。それでも、僕はそれを感じたし、そのせいで彼に嫌気がさすことはなかった。もっとも、その時に彼について知らされたことがあまりにも不十分だったものだから、彼の秘密めいたものに我慢ならなくなってはいたのだけれども。（79–80：強調引用者）

ここでイシュメールは「おそれ（awe）」という語を繰り返しているが、この「おそれ」の感情こそ、彼を含むピークォッド号の乗組員をエイハブへと惹きつけたものだと言える。彼はエイハブが掻きたててくる感情が何であるかを測りかねているが、「そのせいで彼に嫌気がさすことはなかった」という発言を踏まえると、それは片足の切断と義足の装着という船長が被った身体の改変に由来するものであるだろう。

イシュメールがエイハブに対して抱いたという「おそれ」の感情は、身体の改変に由来したものと考えられるのではあるが、『タイピー』（*Typee*, 1846）において主人公のトンモが入れ墨に対して抱いた恐怖、つまり、身体加工による他者化に対する恐怖とは異質なものである。イシュメールの感情は、『ホワイト・ジャケット』において、アシャントが自らの尊厳を守るために示してみせた「気骨」（365）を見届けた水夫たちが彼に抱いた感情、すなわち、笞の傷をものともせずに自らの信念を守りぬいたことに対する畏敬の念に通じるものだと考えられる。ロバート・K・マーティン（Robert K. Martin）が『主人公、船長、他者』（*Hero, Captain, and Stranger*, 1986）で示した見解に従えば、エイハブは権威を後ろ盾にして個人を抑圧する「船長」にあたるが、彼には周囲の者を惹きつけてやまないところがある。周囲の者を捕らえて放さない彼の魅力とは、身体の改変をきっかけとして構築し直された彼の主体なのではないだろうか。

本章では、エイハブの身体を糸口として彼の主体について分析する。まず、彼の身体の描写を追い、イシュメールが「おそれ」と表現したものが何であるのかを示す。次に、階層によって異なる捕鯨船員のジェンダー観に注目し、十九世紀中頃のアメリカの捕鯨船船長としてのエイハブの特異性について検証する。さらに、エイハブがピークォッド号の乗組員の心を捕らえモービィ・ディックに対する復讐に巻き込んでいく様子を通して、彼の磁力、すなわち、出航前にはイシュメールにより「おそれ」と表現されていたものについて考察していく。

一．船長の帆柱

性の観点からエイハブという人物をとらえるうえで注目すべきは、周囲の者たちが彼を「変わっている」と表現している点である。例えば第十六章「船」（“The Ship”）において、ピーレグは、乗船契約を済ませた後で船長に会いたいと言って戻ってきたイシュメールに対して、「エイハブ船長は変わった男だ――そう考える者もいる。だが、いい人だぞ」（79：強調引用者）という言葉で船長の人となりの説明を始めている。また、第二九章「エイハブ登場、続いてスタッブ」（“Enter Ahab: to him, Stubb”）において、二等航海士スタッブは、深夜に甲板で足音をたてて歩くのを控えるよう船長に進言したところ罵倒で応じられた際、「こいつは変だ。本当に変だ。それに、あの人だって変だ。そう、あの人を船首から船尾までお連れしてみろ。あの人は、スタッブが一緒に航海をしてきた中で一番変わった老人だ」（128：強調引用者）と述べている。さらに、スタッブがエイハブを「変わっている」と評していることは、「スタッブはいつも、あの人は変わっているって言うのさ。変の一語で事足りると他にはなんにも言わないんだ。あの人は変わっている、そうスタッブは言う。あの人は変わっている――変だ、変だ、と。スターバックさんにも始終、そんなふうに――変わっているんですよ、と――繰り返すんだ。変だ、変だ、とにかく変だ、と。」（472：強調引用者）という第一〇八章「エイハブと大工」（“Ahab and the Carpenter”）の中での大工の発言でも示される。"queer"という語が"homosexual"という意味も持つようになったのは二十世紀に入ってからであることから、ノートン第二版の註で指摘されるように、『白鯨』ではこの語はあくまで不可解な状態を表すものということになる（111n7）。しかし、ジェンダーの表象に焦点を当てて読むなら、この語によって示されるエイハブの不可解さとは、当時の社会に浸透していた男らしさのイデオロギーからの彼の逸脱ぶりを指すととらえることもできるのではないだろうか。

変わり者とされる船長のエイハブは、ピーレグが言うところの「一種の病気」（78）のため船長室に引きこもっていたが、出航から数日を経てついに甲板に姿を見せる。第二八章「エイハブ」（"Ahab"）において、イシュメールはその姿を次のように紹介する。

> 彼には身体的な不調の徴候も、回復の徴候も見られなかった。彼は、火柱から切り離された人間のように見え、炎に四肢を覆われても焼き尽くされずに、また、引き締まっていて年季の入ったたくましい姿から奪われたものは一片もない様子だった。背が高くどっしりとした全身は堅固な青銅でできているみたいで、チェリーニが鋳造したペルセウスのような不変の形をしていた。細い棒状の鉛色の線が、白髪の間を通り抜け、黄褐色に日焼けした顔と首の片側へと続き、衣服のところへと消えていくまで走っているのが見えた。それは、すっくとそびえ立つ大木に時折できる垂直に走る傷痕に、つまり、上空の雷が落ち、それが地中に到達する前に一本の小枝ももぎ取ることなく樹皮をはいで上から下まで溝状に傷をつけ、木は青々と生命力をたたえているのに烙印を押されているという状態になる時にできるものに似ていた。（123）

この描写においてイシュメールは、エイハブの容姿の特異な点として、ピーレグやイライジャから聞かされていた[4]部分、すなわち、鯨に奪われたという片足ではなく、頭から首筋へと走る鉛色の瘢痕にまず目を向ける。この瘢痕は、ゲイヘッド・インディアンの老水夫によれば、エイハブが四十歳を過ぎてから「根本的要素たるものとの海での闘い」（124）によってできたものだとされる――なお、第一一九章「蠟燭」（"The Candle"）において、この瘢痕は火を崇めていた頃に行った秘蹟の儀式の中でできたものであるということがエイハブ自身によって明らかにされる（507）。彼の「凄みのある」（124）姿の一端を示すこの描写において、エイハブは、四肢を火にかけられながらも焼き尽くされることのなかった人間、あるいは、雷に打たれて激しい損傷を受けてもなお生命力を保っている大木にたとえられている。彼は、頭部にある瘢痕を通して「二つの部分から成る（bipartite）」（Dillingham, *Melville's Later Novels* 87）存在として、イシュメールが用いたたとえを踏まえれば、生と死を混在させる存在として提示されている。[5]

　上半身の瘢痕から受けた衝撃がすさまじかったために初めは気がつかなかったとイシュメールは語っているが、エイハブに「他を圧倒するような凄み」（124）を与えているのは、彼がその身を預ける「野蛮な白い足」（124）であるだろう。エイハブは、モービィ・ディックに奪われた足の代わりに「磨き上げられた抹香鯨のあごの骨」で作った「象牙色の足」（124）、彼自身の言葉を借りれば、「死んだ切り株」（163：強調引用者）を身に着けている。屠られた鯨の骨でできた義足を装着していることによって高められる彼の特異性は、第五一章「精霊の潮吹き」（"The Spirit-Spout"）で明示される。この章では深夜に鯨の潮吹きが認められた際の船内の様子が描かれるが、報告に色めき立って歩きまわるエイハブの姿は、「彼の片方の生きている足は生き生きとした足音を甲板に響かせたのに対し、死んでいるほうの足の歩みは棺桶を打つような音を立てた。この老人は、生と死の両方の上を歩いていた」（233）と語られる。その足音が示すように、彼は健在の自分の足と死んだ鯨の骨で作らせた足によって生と死をその身の内に平衡させているが、それがイシュメールに「凄み」として受け取られるものとなっている。

　エイハブの「凄み」は、彼の身体を通して表されるものであるが、片足の切断をきっかけに変貌した彼の内面とも不可分の関係にある。彼の内面の変化は、第四一章「モービィ・ディック」（"Moby Dick"）で示されている。この章では、ボートが破壊され海に放り出された船員たちが渦の中へと飲み込まれていく中で彼が憤怒に駆られてモービィ・ディックをナイフで刺した際、「ターバンを巻いたトルコ人も、雇われ者のヴェネチア人やマレー人も」見せないような「悪意」をもって彼の足が食いちぎられ、この「ほとんど致命的な遭遇」の後に彼の人間性が変貌を遂げたということが語られる（184）。白鯨との遭遇の後に生じたエイハブの人間性の変化は、次のように描かれている。

> 一撃を受けてその身をちぎられた時、おそらく彼は、身を切られるような激しい痛みしか感じず、それ以上には何も感じなかったはずだ。だが、この衝突によって帰還を余儀なくされ、何ヶ月も、エイハブと苦悶が一つのハンモックで一緒に横たわり、真冬にあの陰鬱でうら寂しいパタゴニアの岬を回っている時に、引き裂かれた身体とずたずたにされた魂が流す血が交じり合い、そのような融合によってエイハブは狂気の人となったのである。こうして最終的に偏執狂が彼を捕らえたのはその時のこと、つまり、鯨との遭遇の後、帰港の途中であったということは、帰路の合間合間に彼が荒れ狂う狂人となっていたという事実からほぼ確実なようだ。片足を失っていたにもかかわらず、彼のエジプト人のような胸にはとてつもない力が潜み譫妄によってさらに強められていたため、航海士たちは彼を縛り上げるほかなくなり、それでもなお、航海をしながら、彼はハンモックの中で荒れ狂っていた。拘束服をつけながら、彼は疾風の狂ったような揺れに合わせて揺れていたのである。（184-85：強調引用者）

イシュメールの語りから明らかなように、エイハブの人間性の変化は、モービィ・ディックに片足を奪われた瞬間に起こったものではない。足を食いちぎられたことによる肉体的な痛みと心的な苦痛に縛りつけられ、それらが何ヶ月もかけて融合していき、彼は偏執狂へと転じたのである。

心身の痛みの融合によるエイハブの変貌は、「生きている行為者《エイジェント》」から「生きている道具」(185)への変化、いわば、主体と呼びうるものから主体とは呼ぶことのできないものへの変化とされる。「道具」となったエイハブは、主体として存立するために必要な条件が整っていない状態、すなわち、言語によって構成される社会的規律・規範の内面化が損なわれた状態にある。そのような状態になったことで、彼は他者として社会の周縁に追いやられるべき存在になっている。しかし、モービィ・ディックに挑んだ末の惨劇を経て狂気や偏執に捕らえられてもなお、鯨捕りとして適任であるとナンタケットの船主たちに思わせピークォッド号の指揮を任されたことに現れているように、エイハブは、主体とは呼びがたいものへと変貌を遂げていたにもかかわらず、他者として社会から排除されてはいない。

なぜエイハブは他者として周縁に追いやられなかったのだろうか。それには彼の狂気の有り様が影響していると考えられる。イシュメールによる語りの中で、エイハブの偏執は川の流れにたとえられている。その説明によれば、狂気が消え失せたように見えても実際にはそれは奥底にとどまり、また、怒濤のごとく狂気が押し寄せてきたとしても生来の知性が押し流されてしまうことはないというのである(185)。また、エイハブ自身は、自らの偏執について「自分の手段はどれもまともだが、動機と目的が狂っている」(186)と自覚している。「生きている道具」たるエイハブは、猛烈な偏執に捕らえられているにもかかわらず正気の部分も残しているのである。彼が狂気に陥りながらも部分的には正気を保っていることは、モービィ・ディックへの復讐という常軌を逸した目的を果たすためではあるものの、定められた航路に従って船を航行させ搾油を目的とした鯨猟を行うという捕鯨船の船長としての職務を着実に遂行している点にもうかがえる。彼は、正気と狂気を混在させているという点で、恐怖心から捕鯨ボートを飛び降りたためにしばらくの間海原に置き去りにされ、「機織の踏み台に置かれた神の足」(414)を目にして「天の正気」たる「人間の狂気」(414)に陥ったとされるピップとは異なっている。彼は、正気と狂気が共存する「彼特有の狂気」(185:強調引用者)によって、他者として排除されるどころかむしろ「凄み」をもって周囲の者たちを魅了するのである。イシュメールが「おそれ」や「凄み」と言い表すものとは、身体の改変により他者性を引き入れながらも他者化を拒むエイハブの主体の有り様に対する畏怖の念だと言えよう。

二 鯨捕りのひとつではない男らしさ

前節で示したように、エイハブは、モービィ・ディックとの邂逅で身体の改変を余儀なくされたことにより、生と死、さらに、正気と狂気を共存させていった。相反するものを混在させるという特異性を持つ彼は、十九世紀中葉のアメリカの捕鯨船員のジェンダー観に照らした場合、どのようにとらえられるのだろうか。

そもそも航海は、何世紀にもわたり男が担ってきた営みである。鯨の屠殺や加工処理といった血なまぐさく体力も要する業務が大半となる捕鯨も例外ではない。アメリカの捕鯨産業におけるジェンダー構造を分析したリサ・ノーリング(Lisa Noring)によると、もともと男によって担われる営みであった捕鯨は、産業の最盛期にあたる十九世紀中葉には、ミドルクラスの人々を中心に社会に浸透していた規範、すなわち、後にドメスティック・イデオロギーと呼ばれるようになるものを反映しながらさらにジェンダー化されていった。[6] つまり、稼ぎ手たる男が生産活動の場である海に出ていくのに対し、陸に残った女は家庭という私的領域に留め置かれたのである。ミドルクラスの上級船員の妻たちを中心に陸に残された女たちは、男に依存しているという立場を保ちながら、実際には裁縫や下宿屋の経営といった手段で稼ぎを得たり、留守中の男の代理人として資産の管理・運用や船主との交渉などを行ったりしていた。男たちはそのような女の働きを是認し、実のところ、彼女たちの働きを頼みとしていたとされる。十九世紀中頃のアメリカにおいて捕鯨船員と関わりのある女たちは、ミドルクラスのジェンダー規範に従いながら、時には性差による領域の区分を越えていたと言える。

船乗りの男は、労働者階級の男たちの間で理想とされてきた男性像、すなわち、屈強さのような身体的特徴に重きを置く「鉄の男」のイメージで一括りにされる傾向がある。[7] しかし実際には、船長や航海士といった上級船員は、ニューイングランド地方の捕鯨者の家系の者を中心としたミドルクラスの白人で、陸の社会を席巻していたジェンダー規範の影響下にあった。[8] 捕鯨船の上では、階層によって異なる男らしさの理念が存在していたのである。捕鯨船員の行動様式をジェンダーの観点から論じたマーガレット・S・クライトン（Margaret S. Creighton）によると、例えば、鯨捕りの男たちは陸に残してきた女や女性的なものに対して、階層ごとに異なる態度を示していた（Creighton, "Davy Jones' Locker Room" 125-35）。前檣で寝起きする平水夫は、手紙や写真、さらには聖書といった陸にいる女たちの形見となるものや裁縫道具のような家庭と結びつけられる器具を普段は道具箱に封じ込め、日曜日の限られた時間にしか取り出すことはなかった。前檣では女性的なものが排除されたホモソーシャルな文化が構築されていたのである。それに対して上級船員が住まう船尾側には、前檣とは違って個別の私的空間が用意され、彼らはそこで自分の帰りを待つ女たちに思いを馳せることが可能であった。扶養者としての責任は男らしさの証ととらえられるものであるため、[9] 上級船員にとって、プライバシーを保証された空間で自分が扶養すべき女たちに思いを馳せるという行為は、男としての面子にかかわるものではなかったと考えられる。後檣に陣取る上級船員は、陸のミドルクラスのジェンダー規範を洋上に持ち込んでいたのである。

クライトンが明らかにした捕鯨船員の態度はピークォッド号でも見受けられる。まず前檣では、平水夫たちの男同士の結びつきが鯨の捕獲、解体、搾油といった作業や深夜の宴を通して強められている。平水夫の男同士の絆が最も熱心に語られるのが第九四章「手絞り」（"A Squeeze of the Hand"）である。この章において、イシュメールは精油かまどに運ぶ前の鯨脳油の固まりを手でもみほぐす作業をしていたが、この作業が生み出す「豊穣で、やさしく、親しげで、愛情に満ちた感覚」（416）の中で恍惚となり、我知らず同僚の手をもみしだいてしまう。彼はさらに仲間の手をもみながら、「さあ、みんなで手を握り合おう。いや、みんなでみんなを握って一つになろう。みんながみんなを握り、友情の乳液と精液になってしまおう」（416）と訴えかける。この章で提示されるのはホモソーシャルというよりもむしろホモエロティックな感情であるが、ピークォッド号の前檣では、陸の世界から切り離された男だけの緊密な結びつきが形成されている。

　他方、後檣を占める上級船員の価値観を代表するのは一等航海士のスターバックである。「より穏健で、より『人間らしい』価値観の代弁者」（Douglas 304）である彼は、モービィ・ディックへの復讐が航海の目的だと表明したエイハブに対してただ一人異議を唱え、「私は鯨を捕るためにここに来たのであって、船長の仇討ちのためにここに来たのではありません。エイハブ船長、たとえあなたが復讐を果たせたとしても、それが何バレルの鯨油になるのでしょうか。ナンタケットの市場では、たいした儲けにはなりません」（163）と言い、「口のきけない獣」（163）に対する復讐の非合理性を訴える――伝説的な巨鯨への復讐を果たすという船長の話に沸き立つ平水夫や異人種の銛打ちとは対照的な彼の反応は、捕鯨という営みに対する階層ごとの認識の違いを反映するものでもある。[10] 経済効率を念頭に置くスターバックの態度は、マイケル・T・ギルモアが指摘するように時代の商業精神を映すものであるが（一六九）、市場で利潤を追求しながら扶養者としての責任を果たすということを是とするミドルクラスの規範を反映するものでもある。

　それでは、船長のエイハブはメインマストを境にして異なる男らしさをめぐる船員の文化とどう関わっているのだろうか。彼はどちらの側にも属していないように見えるが、彼は身体の改変によって生と死、正気と狂気という相反する二つの領域を股にかけることになったという点を踏まえれば、船内の階層によって異なる男らしさの理念と彼がどのように関わっているかも明らかになってくるだろう。

　モービィ・ディックに対する復讐だけに執念を燃やすエイハブは、男同士の友愛にも、陸に残してきた妻への愛情にも背を向けているように見えるが、男同士の絆を全く持っていないわけではない。彼は、拝火教徒のフェダラーをピークォッド号にひそかに乗船させて自らのボートに配置していた。第一一七章「鯨番」("The Whale-Watch") で描かれるように、彼は、二つの棺を目にした後に死ぬというフェダラーの予言に抗おうとしながらも「水先案内人」(499) を自称するこの男に自らの運命を委ねている。イシュメールが恍惚としながら語るエロティックな男の友愛とは異なるものではあるが、運命共同体のような彼らの関係性はきわめて緊密なものだと言えるだろう。また、彼は個人的復讐に重きを置き、ナンタケットに残してきた妻子のことを歯牙にもかけていないように見える。しかしながら、第一三二章「交響楽」("The Symphony") に描かれるように、彼はスターバックを通して「夫が生きている後家」(544) にしてしまった年若い妻の姿を見ている。この後で「灰になった林檎」(545) と表現される涙とともに断ち切られることにはなるものの、彼は少なくともこの瞬間まで、陸／家庭とのつながりを彼なりに保っていたと言える。[11]

　さらに捕鯨という営みに関して、エイハブは「おい、金が尺度だということになってだな、会計係が三分の一インチごとにギニー金貨を置いて会計事務所たる地球をぐるっと取り囲んでその価値をはじきだそうというのなら、わしの復讐はここにとてつもない報奨金をもたらしてくれるわ！」(163：強調原文) と言い放って市場を顧みず、白鯨の追跡だけに執念を燃やしている。白鯨への復讐だけを求める彼の姿は、鯨の追跡を血なまぐさい戦いとみなす前檣の男たちの価値観を表しているように見える。その一方で、白鯨を発見した者への報奨金としてダブルーン金貨を提示し、反乱を防ぐために通常の生産活動、すなわち、ナンタケットの市場で利益を生む鯨油の生産を目的とした捕鯨に乗組員を従事させているという点で、彼は市場化していく近代社会の価値観も受け入れており、近代化の影響を受けた後檣の上級船員の価値観と完全に決別しているわけではない。

船上にいる者や陸に残してきた者との関係、また、鯨の追跡に対する態度を踏まえると、エイハブは、メインマストを境にして構築される異なった男らしさの両方を示している。女の快楽の複数性に男根中心主義の転覆可能性を見るリュス・イリガライの「ひとつではない女の性」という言葉を借用するならば、彼は「ひとつではない男らしさ」を表し、ミドルクラスの男らしさのイデオロギーから逸脱する存在となっている。

三　エイハブの主体

イシュメールは、ピークォッド号への乗船を決めた際に聞かされた話から「おそれ」の感情を抱き、まだ見ぬ船長に惹きつけられた。「堂々とした、神を恐れぬ神のような男」(79)と評される船長にイシュメール以外の乗組員たちもまた惹きつけられた。エイハブの何が彼らを魅了したのだろうか。

エイハブが示す磁力を解明する手がかりとなるのは、スタッブとスターバックが口にした船長に対する当惑である。まずスタッブの当惑は、第二九章「エイハブ登場、続いてスタッブ」で示される。スタッブは、エイハブに罵倒されて仕方なく船室へと戻った際に浮かんできた考え、つまり、「ここにひざまずいて、あの人のために祈る」(128)という考えにたじろぎながら、罵倒された際に感じた「圧倒的な恐怖」(127)に思いをめぐらせる。そして彼は、その時の船長について「あの人が俺をどんなふうに見たことか！　――目は火薬皿のようだった！　あの人は狂っているのか。とにかく、甲板にひびが入る時にはなにかがのっかっているって言うのと同じように、あの人の心にはなにかがのっかっているにちがいない」(128：強調引用者)と語るのである。

他方、スターバックがエイハブに圧倒される様子は、第三六章「後甲板――エイハブと全員」("The Quarter-Deck・Ahab and All")で示される。ここでスターバックは、船長の弁舌に圧倒されたこと、エイハブ自身の表現を借りれば、彼の鼻孔から広がっていった「なにか」(164)を吸い込んだことにより、二の句が継げなくなって船長に従わざるをえなくなる。第三八章「夕暮れ」("Dusk")において、スターバックは後甲板でのエイハブの独擅場を振り返る。そこで彼は、自分には船長の「神をも恐れぬ意図」が見えているのにその手助けをしなければならないと感じていること、また、自分は「言うに言われぬもの」によって船長に縛りつけられ、それを断ち切る術もなく引きずられるままになっていることを告白する(166)。さらに彼は、船長に従わざるをえないと感じている理由として、自分のものであれば五体も萎えてしまうような「恐ろしいくらいの悲しみ」(166)を船長の目に見たことを挙げている。

スタッブとスターバックの独白から、彼らを屈服させたのは、エイハブの目にたたえられていた何某かの力だと考えられる。エイハブの行使する影響力が彼の目と関係していることは、スターバックを籠絡したところで白鯨への復讐を誓って酒の回し飲みを行った際の様子にも現れている。酒瓶を渡す前のエイハブと乗組員の様子は、「彼は一瞬屹立し、乗組員をひとりひとり探るようにして見た。だが、男たちの猛々しい目もエイハブの目を睨み返した。その様子は、草原の狼の首領が先頭をきって野牛を追跡するのに先立ち、群れの狼の血走った目が首領の目を睨み返すようであった」(165)と語られる。エイハブの視線が彼らの視線と交差した瞬間に、ピークォッド号の男たちの士気が鼓舞され、彼らの目的もモービィ・ディックの息の根を止めることとなる。[12] さらに、エイハブが持つ力と彼の目の関係は、酒の回し飲みの後に行われる儀式にも示されている。モービィ・ディックの死を誓うこの儀式において、エイハブは「自らの磁気を帯びた生命のライデン瓶に蓄えられた、あの火のように燃える感情」(165)を伝えようとするかのように、スターバックからスタッブ、スタッブからフラスクへと視線を投げ、この三人の航海士をたじろがせている。自分が注いだ視線を受け止められなかった部下を前にして、エイハブは、「お前たち三人がわしの強烈な電撃を一度でも受け止めていたら、ひょっとすると、わしの電気がわしからなくなってしまっていたかもしれん。あるいは、お前たちを死なせていたかもしれんからな」（166）と語り、自分の目から強力な力が放出されることを認めている。後甲板から船長室に退いた後にも、彼は自分が戴いている「ロンバルディアの鉄の王冠」あるいは「鋼鉄の頭」が見る者を当惑させると語り（167）、彼には相対する者の目をくらませる強烈な力があるということがあらためて示される。

第三九章「第一夜直」（"First Night-Watch"）においてスタッブは、エイハブが「電気」と呼んだ力に関して、後甲板で船長に籠絡されたスターバックも、自分がかつて船長の「頭」に視線を向けた時に感じたのと同じような「なにか」を見たはずだと語っている（171）。彼の推測どおり、彼が「なにか」と呼んだものをスターバックも感じており、先述したようにそれは「言うに言われぬもの」として言及されている。この二人は、船長の目に見て取ったものが自分たちを圧倒したと感じながら、それを「なにか」としか表現できていない。この「なにか」を彼らはやっとのことで表現しはするのであるが、スタッブが激しい怒りを想起させる「火薬皿」（128）というたとえを用いたのに対してスターバックは「恐ろしいぐらいの悲しみ」（166）と呼ぶように、それは異なった相を見せている。エイハブ以外の者には「なにか」としか言いようのない彼の力とは、いったい何なのだろうか。

エイハブ自身は「電気」と表現し他の者は「なにか」と呼ぶ力とは、彼の特異性と関連するものである。彼を他の者から際だたせている点と言えば、切断された片足の代わりに鯨骨製の義足を装着しているという身体である。男根的な意味づけがなされる部位であることから、足の喪失は、性差や欲望の構造化にかかわる去勢と結びつけられる傾向がある。先行研究においても、ニュートン・アーヴィンやロバート・K・マーティンの指摘に見られるように、エイハブの片足の喪失は彼が象徴的には去勢されていることを表すとされてきた（Arvin 172; Martin, *Hero* 93）。また、第一〇六章「エイハブの足」（"Ahab's Leg"）において出航前に負った股の深傷の原因とされることから、彼の義足を生殖能力の欠如や性的不能と結びつける議論もある。[13] さらにローズマリー・ガーランド・トムソン（Rosemarie Garland Thomson）によれば、近代化が進んでいた時期のアメリカにおいて身体に障がいを持つ者は、実際の能力の有無にかかわらず、生産活動を行うことができないとみなされてきた（46-47）。生産活動から排除される男の障がい者は、経済的自立を前提とした個人の自立を果たすことができない存在、いわば、十九世紀中葉のアメリカ北部のミドルクラスの社会が理想とした「叩き上げの男」とはなりえない存在だと言える。[14] これらの点を踏まえれば、片足を失っているエイハブは、二重の意味で男らしくないということになる。しかし彼は、奪われた足のかわりに「精液」をその名に冠する鯨の骨でできた義足を装着することで象徴的な去勢に抵抗し、また、船長として捕鯨船に戻り乗組員を支配していることから、[15] 生産活動の場からの排除にも抵抗している。身体の改変により他者性を背負わされながら他者として排除されるどころかむしろ求心力を示すエイハブの主体の有り様こそ、彼自身は「電気」と呼ぶ「なにか」、すなわち、「アメリカの男」という主体の枠組みを超越する部分なのである。

エイハブの主体は、あくまでも望まない身体の欠損を契機として構築し直されたものである。また、この船が「今や古代メディア人のように絶滅した」（69）インディアンの部族の名前を戴いている点、「いずれにせよ、もうすべて決まっていて手配されているんだ。どこかの水夫があの親爺と一緒に行かなくてはならないんだろうな」（93）という第十九章「預言者」（"The Prophet"）でのイライジャの発言、第一一七章「鯨番」でフェダラーが行ったエイハブの死についての予言、さらに、「この劇は変更せずにやるよう定められているのだ。わしは運命の三女神の補佐役なのだ。お前とわしは、この海が波打つよりも十億年も前に下稽古をやっておるのだ。わしは命令のもとで動いている」（561）というエイハブの言葉に現れているように、ピークォッド号の航海が不吉な運命に導かれたものだとされ、事実イシュメールを除く全ての乗組員が死ぬことから、エイハブは魅惑的ではあるが破滅を招く存在として描かれている。メルヴィルは『白鯨』において、最終的には破滅するものの、畏怖の念を抱かせる存在としてエイハブを物語の中心に据えた。これは、十九世紀中葉の北部のミドルクラスの人々にとって規範的な「男らしさ」、特に傷のない白人の男の身体を男らしいととらえる理念に対する抵抗の姿勢を示すものと言える。

1　『ホワイト・ジャケット』が『マーディ』から『白鯨』への橋渡しとなっているという指摘は、デイヴィッド・S・レノルズ（David S. Reynolds）が行ったものである。レノルズは、『マーディ』では「エリート」の古典文学に依拠していたものが、『ホワイト・ジャケット』では大衆文化の取り込み、特に社会改革のための「戦闘的な精神」の取り込みが行われ、それらが『白鯨』で融合されていると論じている（149）。

2　エイハブとイシュメールの対照的な特徴についてはSeelye 63-66を参照。シーライは、エイハブを直線的、イシュメールを円環的な存在ともとらえ二人の差異を示している。なお八木敏雄が論じているように、円環は『白鯨』の構造上の特徴ともなっている。

3　クィークェグが友愛を象徴的に表していることについてはArvin 182, Chase 101-02, Karcher 73、フィードラー『アメリカ文学における愛と死』四〇三～〇四も参照。

4　イライジャは第十九章「預言者」（"The Prophet"）と第二一章「乗船」（"Going Aboard"）に登場し、ピークォッド号への乗船を決めたイシュメールにつきまとって謎めいた発言を繰り返す人物である。エイハブの足についてのイライジャの発言は、「だがしかし、お前さんも足のこと、あの親爺がどうして足をなくしたかってことを聞いているかもしれないな。そうだ、お前さんは聞いているのだろうさ。おお、そうだ。あのことは誰もがほとんど知っているのだから――俺が言いたいのは、あの親爺には足が一本しかないということを皆が知っているということ。それに、もう片方の足は抹香鯨が奪っていったということ」（92：強調原文）というものである。

5　エイハブの瘢痕について、アラン・レボウィッツ（Allan Lebowitz）はそれが彼だけが持つ知識とその知識が持つ力の源（15）、あるいは、超越的な野蛮さ（18）を象徴するものだとしている。

6　ドメスティック・イデオロギーや分離領域についてはCott, *The Bond of Womanhood* およびRotundo 18-25を参照。

7　「鉄の男」についてはCreighton and Noring ix-xを参照。

8　捕鯨船の人員の構成と階層については森田一〇三～〇五を参照。

9　扶養者として責任を果たすことが伝統的に「男らしさ」の要件となっていたという点についてはLombardを参照。
10　クライトンによれば、下層の船員たちは捕鯨を勇猛果敢な血なまぐさい戦いとみなしていたが、上層の者たちは血なまぐささよりも崇高さを求めていたといい、船内での階層によって認識の違いがあった（Creighton, "Davy Jones' Locker Room" 121-22）。
11　エイハブの涙は、ピーレグが言うところの「彼なりの人間性」（79）、つまり、陸にいる妻子とのつながりを示すものだと考えられるが、橋本安央は、「鎌」などの鉄の比喩で語られるイメージとともに、彼の涙が彼の死の有り様を示すものとなっていると指摘している（橋本三五七～五九）。
12　エイハブと乗組員の視線が交差する場面は、「だが、あわれ！　彼らは隠されたインディアンの罠に落ちるしかなかった」（165）という文で締めくくられている。この文は、ピークォッド号の航海があらかじめ用意された筋書きに沿って進むことを示唆するものであるが、エイハブの復讐にはらむ問題点ばかりでなく、当時のアメリカの領土拡張政策および原住民に対する政策に対するメルヴィルの態度について考察するうえでも重要な点であろう。なお、この文の重要性については、お茶の水女子大学二一世紀ＣＯＥプログラム「ジェンダー研究のフロンティア」プロジェクトＤ第四会英語圏大会（二〇〇七年二月十日）において、大島由起子氏からご指摘いただいたものである。
13　エイハブの義足と彼の性的能力を結びつけている議論としてはZoellnerを参照。
14　常山菜穂子は、十九世紀前半のアメリカでの『リチャード三世』の人気について論じた中で、次のように述べて身体と「叩き上げの男」の理念との結びつきを指摘している。

自らの意志とは関係なく「奇形」を与えられ、自己決定を可能とする健全なる身体を持たない「不具者」は自分自身の所有者となり得ない。舞台上のリチャードはセルフメイド・マンの理想像を逆さに映し出し、その存在は、健全な身体を前提に成り立つ個人主義、ひいてはそうした個人を一単位として、その上に成り立つ近代国家アメリカを再規定する。（六二）

15　デイヴィッド・レヴェレンツ（David Leverenz）は、エイハブの支配欲にはアンテベラム期のミドルクラスの「男らしさ」の理念、すなわち、市場での競争に勝ち抜いて経済的・社会的な成功を収めることを理想とする考え方が反映されていると指摘している（288）。

第四章　クィークェグの不定形の男性像

――『白鯨』における男らしさのオルタナティブ

はじめに

第一長編の『タイピー』（*Typee*, 1846）以降、平水夫としての自らの経験に依拠した作品には、身体、とりわけ、同時代のミドルクラスの人々が標準ととらえるものからは外れる身体に対するメルヴィルの関心がうかがえる。彼は、身体の改変をめぐる問題をこれらの作品に書き込むことでアンテベラム期のミドルクラスの白人が信奉する男らしさの規範に抵抗し、そこからの逸脱を試みている。社会で是認された通念に従えば「男らしい」とみなされることのない身体を用いた彼の抵抗は、第六長編の『白鯨』（*Moby-Dick*, 1851）で頂点を迎えている。それは、「アメリカ文学における典型的な障がい者」（Thomson 44）であるエイハブが物語の中心人物として据えられ、ミドルクラスに属する捕鯨船船長でありながらその人物像がこの階層の掲げる男らしさのモデルを超越するものになっているという点に現れている。

これまで『白鯨』についての議論では、エイハブや語り手のイシュメールに焦点が当てられる傾向があった。しかし、メルヴィルがその文学において追求したものの一つに「叩き上げの男」という同時代のミドルクラス社会に浸透していた理想像とは異なる男らしさが含まれているとするならば、彼が思い描いた男らしさの諸相は、ピークォッド号の種々雑多な乗組員にも投影されていると考えられる。第二七章「騎士と従者」(“Knights and Squires”)において捕鯨船では平水夫の二人に一人はアメリカの生まれではないと説明されるように(121)、ピークォッド号の乗組員は、イシュメールが過去に乗り組んだ商船と比較すると「はるかに野蛮で、異教徒的で、雑多な者たち」(122-23)であったとされる。ピークォッド号の乗組員の異種混淆性は、船内の階層の上層部に位する銛打ちを南海出身のクィークェグ、アメリカ先住民のタシュテゴ、黒人のダグー、さらに、エイハブが密かに乗り組ませたアジア系の拝火教徒であるフェダラーの四人の有色人種の男たちが務めているという点により特徴づけられている――捕鯨船は、船長、航海士、銛打ちといった上層部の船員、大工や鍛冶屋などの専門職人、下層部の平水夫で構成され、上層部は捕鯨者の子孫であるミドルクラスの白人であったとされることから、ピークォッド号の上層部の人種構成は特異なものだと言える。[1] このような種々雑多な乗組員の中でもクィークェグは、メルヴィルの追求した男らしさが投影された人物として注目に値する。この男は、ニューベッドフォードの潮吹き亭でベッドを共有したのが縁でイシュメールの「こころの友」(51)となったわけだが、ヨジョなる神のお告げを通してイシュメールをピークォッド号へと誘うとともに、熱病で生死の境をさまよった際に用意させた棺をもとに作られた救命ブイによって間接的にイシュメールの命を救うという役回りも務めている。この男は、『白鯨』という物語、とりわけ、唯一の生存者として航海の顛末を語ることになるイシュメールとの関係においても、また、ピークォッド号が従事する捕鯨という営みにおいても、重要な役割を担う人物なのである。作品の中で担っている役割を踏まえれば、クィークェグはこの作品を論じるうえで看過することのできない存在だと言える。

この銛打ちについて論じるうえで注目すべき点は、そのとらえどころのなさである。例えばそれは、彼に対して当たり前のようになされる「南海人」という分類に象徴的に現れる。南海のココヴォコと呼ばれる島の出身だと紹介されることから、クィークェグは「南海人」として位置づけられている。しかし、ココヴォコ島は南海の西南の方角にあると説明される一方、「それはどんな地図にものっていない。真正な場所というのは決して地図にはのらないものだ」(55)とも語られる。このことから、ココヴォコという島は彼の人種的・民族的出自を具体的に物語るものとはなっていないと言える。クィークェグは南海人というカテゴリーを引き受けているものの、南海人としての彼の主体の輪郭は明確なものではないのである。

本章では、メルヴィルが探究していた男らしさがどのようにクィークェグに投影されているのかを考察する。まず南海人に特有の風習である入れ墨で覆われたクィークェグの身体に焦点を当て、彼のとらえどころのなさを人種や民族の点から検討する。次に彼の言動に注目し、彼のとらえどころのなさをセクシュアリティとジェンダーの観点から示していく。

一．クィークェグの身体

クィークェグが捕鯨船で銛打ちを務めるようになった経緯は、第十二章「生いたち」("Biographical")で明らかにされる。そこでは、彼がココヴォコの王子であること、島民をさらに幸福にするためにキリスト教徒の文明を学ぼうと決意して島を出たこと、キリスト教国の船に乗り込んだものの船乗りの素行の悪さに幻滅したこと、そして、キリスト教徒の中でその風習も取り入れながら暮らしているが「異教徒として死のう」(56)と決意していることなどが、彼の「破格の言葉づかい」に慣れた後でイシュメールが構成した「ほんの概略」(54)として語られる。[2]

「異教徒」であるクィークェグについてまず目を引くのは、その外見の特異さである。彼の外見は、第三章「潮吹き亭」("The Spouter-Inn")における彼とイシュメールの出会いの場面で示される。クィークェグの外見の特異さとしてまず指摘されるのは彼の顔である。イシュメールはその顔を目撃するや、「ああ！　なんという眺めだろう！　ひどい顔だ！」と驚きをあらわにし、「暗く、紫がかった黄色」の肌に黒みがかった四角い模様があちこちについているという様子を語る（21）。この男が「人喰い」であることは——ジェフリー・サンボーン（Geoffrey Sanborn）の指摘（*The Sign of the Cannibal* 129）によれば、太平洋諸島の原住民であることは——「あいつは絶対に団子は食わないよ——あいつはステーキしか食わない。しかも、レアがお好みだ」（15）という潮吹き亭の主人コフィンの発言、さらに、南海で仕入れた「香でいぶしたニュージーランドの頭」（19）を売りに出かけて不在にしているという説明により、あらかじめ示唆されている。それにもかかわらず、この男の姿を初めて目にした際にイシュメールは、顔の四角模様は喧嘩で受けた傷の治療痕だろうと考え、男が白人だと思い込んだまま観察を続けていく。その後、男の顔が明かりに照らされた際、顔中に付いている四角模様が傷を覆う絆創膏ではなく「なにかしらのしみ」（21）、すなわち、南海に特有の入れ墨であるということに気づくが、それでも彼は男が白人だと信じ、その入れ墨は南海の原住民に無理やり入れられたものなのだろうと考えてその姿を眺め続ける。しかし、男の「この世のものとは思えない肌色」について「強烈な太陽で白人が紫がかった黄色い肌に日焼けするなどという話は聞いたことがない」と思い返し（21）、さらに、ビーバー帽[3]の下に隠れていた「額のところに生えたひと房の縮れ毛」の他は何もない「かびの生えた頭蓋骨[4]」のような「紫色の禿頭」を目の当たりにしたことで、男の人種に対する彼の疑念は高められていくのである（21）。彼の観察は、男の体の全貌が次のように示されたところで終了する。

たしかに、衣類で覆われている部分も、顔のと同じ黒い四角で市松模様になっていた。背中もまた、同じ黒い四角い模様だらけだった。まるで三十年戦争に従軍し、絆創膏のシャツを着て逃げだしてきたばかり、という感じだった。そのうえ脚にも、深緑色のカエルの群れがヤシの若木をはい上がっているような模様が付いてい

た。（22）

イシュメールは、傷の治療痕とは思えぬような模様が体中にあるのを認めてようやく、この男、すなわち、クィークェグが「忌まわしい野蛮人かなにか」（22）だと結論づけるのである。

イシュメールの観察に現れているように、クィークェグの身体を特徴づけているのは、顔から手足の先までを覆う入れ墨と日焼けでまだらになった「紫がかった黄色」の肌である。クィークェグの肌の色は、彼の非白人性を決定づけるものとして機能している。[5]しかし、紫という色は、白（白人）、黒（黒人）、赤（アメリカ先住民）、黄（アジア人）という既存の人種カテゴリーには存在しないため、彼の人種を示すものにはなっていない。彼の人種的分類を決定づけるのは、生得の肌の色ではなく、後天的に肌に施された入れ墨である。観相学や骨相学、「アメリカ学派民族学」など、生得の身体的特徴から個人あるいは人種全体の特徴を読み解こうとする潮流[6]になじんでいたと思われるイシュメールにとって、クィークェグの肌は、『タイピー』においてトンモの肝を冷やしたタイピー族の老人たちの緑色の肌[7]と同様、読解を拒む得体の知れないものとなっている。クィークェグの肌が示す得体の知れなさは、近代の欧米人が南海人の身体に感じた人種的曖昧さと重なっている。

南海人の身体を欧米人がどのようにとらえていたかという点は、サミュエル・オッター（Samuel Otter）がマルケサス諸島の原住民についての欧米の旅行者の発言を取り上げて示している（“Race” 18–19）。「男たちはほとんどみな背が高く、屈強で、均整がとれている」（qtd. in Anderson 122）と述べたG・H・フォン・ラングスドルフ、「この島の男たちはきわめて美しい。背が高くて、均整がとれている」（qtd. in Anderson 123）と述べたデイヴィッド・ポーター、マルケサスの女たちの「ヨーロッパ的なつくり」（qtd. in Anderson 124）や肌の白さに注目してその美しさを讃えたチャールズ・S・スチュアートの記述が示すように、マルケサス人の肌の白さや均整の整った体型といった特徴は旅行者から称賛され、特に男の身体は古代ギリシャや古代ローマの彫刻にたとえられた。[8] その一方で、入れ墨によって生じた肌色の変化は旅行者に衝撃を与えもした。例えばラングスドルフは、入れ墨を入れると身体が「黒人《ニグロ》のような外見」になるとし、スチュアートも、入れ墨が施されている原住民の男の肌は「オセロが描かれるのもかくやというくらい黒い」と述べている（qtd. in Otter, *Melville's Anatomies* 27）。オッターによれば、欧米から来た旅行者は、入れ墨が施されている南海人の身体を彼らの「白人から黒人への人種的転向」（Otter, *Melville's Anatomies* 27）を示すものととらえていた。旅行者たちは、入れ墨という身体の表面に人為的に刻まれた線を頼りにしてマルケサス人を非白人／野蛮人というカテゴリーに押し込めているが、骨格といった生得の特徴に白人的な美質を認めずにはいられないでいる。そのような白人旅行者の反応は、マルケサス人の人種的な曖昧さ、つまり、生得の白人性と加工によって生じた非白人性が混淆する状態を反映したものとなっている。

生得的には白人の特徴を備え人種的に曖昧なところがあるというマルケサス人の身体と同様のとらえどころのなさは、クィークェグの身体にも現れている。クィークェグの身体に人種的な混淆が見られることは、第十章「こころの友」（"A Bosom Friend"）で示される。ここでイシュメールは、部屋で本のページ数を数えては五十ページごとにその多さに驚きの声をあげるクィークェグの姿を眺めながら、この「野蛮人」が「素朴で正直な心」を持っており、その大きな黒い目には「幾千もの悪鬼をものともせぬ精神のしるし」があることを見てとる（49–50）。さらに彼はクィークェグの観察を続けて、次のように述べる。

頭を剃っていたために、彼の額が伸びやかに晴れやかにせり出し、より広く見えたのかどうかは決めかねる。しかし、彼の頭が骨相学的に優れたものであることは明らかだった。馬鹿げていると思われるだろうが、それは、お馴染みの胸像で見られるようなワシントン将軍の頭を僕に思い出させた。将軍と同じく額には眉の上か

> らゆっくりと後退していく長い傾斜があり、その眉も同じように突き出ていて、てっぺんで樹木が生い茂っている二つの岬に似ていた。クィークェグは、人喰い的な発達をしたジョージ・ワシントンなのであった。(50)

イシュメールは、入れ墨による加工を免れている部位である目にクィークェグの「精神」の源を求めたのに続き、同様に入れ墨の影響を被っていない頭の形にこの男の徳の高さに対する直感の根拠を求めている。ここで彼は、クィークェグの頭蓋骨が骨相学的に優れたものであり、それゆえにクィークェグが人間としても優れていると言わんとしている。このような主張をするにあたり彼が引き合いに出しているのが、アメリカ合衆国初代大統領のジョージ・ワシントンである。ワシントンはここで偶然に引き合いに出されたものではない。キャロリン・L・カーチャー (Carolyn L. Karcher) によれば、十九世紀のアメリカにおいてワシントンの頭骨は、イギリスの大作家シェイクスピアのものとともに、人類の進化を示す見本とみなされていた (70)。イシュメールは、骨相学という当時の「科学的」言説に基づいてクィークェグの身体を分析し、評価をくだしているのである。白人の偏見を反映させた問題含みの言説に依拠した分析である点には注意をしておく必要があるが、クィークェグは、イシュメールにより紹介される骨格の特徴から、身体的には野蛮人／非白人という分類には収まりきらない存在になっていると言える。[9]

イシュメールは、骨相学のような「科学的」知見を用いることによってクィークェグの白人的特徴を見出し、彼の人徳を示してみせた。しかし、「大方の人たちに嫌悪感を抱かせたものこそ、僕を惹きつけた磁石なのであった」(51) という言葉から、クィークェグの非白人性を顕著に物語るもの、すなわち、入れ墨で覆われた彼の肌も彼の人徳を示すものとして提示されている可能性がある。ココヴォコ島の出身とされるクィークェグはニューベッドフォードの街で「ニュージーランドの頭」を売り歩いていたとされるが、ニュージーランドは、彼が売っていた商品の仕入れ先としてたまたま言及されているわけではない。クィークェグの表象を子細に眺めてみると、そこにはニュージーランドの原住民であるマオリの影がさしているのである。

サンボーンによると、『白鯨』に限らず、メルヴィルの作品にはニュージーランドの影が見られ、この地に対する彼の関心は、いとこのトマス・メルヴィル、アクシュネット号を脱走した仲間であるリチャード・トバイアス・グリーン、ジョージ・リリー・クレーク（George Lillie Craik）の『ニュージーランド人』（*The New Zealanders*, 1830）によって喚起されたものである（*Whipscars and Tattoos* 96-103）。特に『ニュージーランド人』は、ハーシェル・パーカー（Hershel Parker）も指摘しているように、『白鯨』の執筆中に読まれメルヴィルに影響を与えていた（*Herman Melville: A Biography Vol. 2* 40）。クィークェグとの関連が強く見られるのは、『ニュージーランド人』の第三章と第四章で論じられるテ・ペヒ・クペ（Te Pehi Kupe）である。彼はクック海峡近くのカピティ（Kapiti）という島のンガティ・トア（Ngāti Toa）族の首長で、一八二四年に商船のウーラニアー号に強引に乗り込み、船長のリチャード・カービー・レノルズと友情をあたためつつイギリスに渡った人物である。[10] 乗船許可がおりるまで船のリングボルトにしがみついて離れなかったことや白人のレノルズと親しい友人になったことなど、『ニュージーランド人』で語られるエピソードと『白鯨』で描かれるクィークェグのエピソードとの類似から、テ・ペヒ・クペはクィークェグのモデルであるとされる。彼が自分の顔の入れ墨を書き写したとされる自画像が、ノートン第二版百五十周年記念版の表紙に用いられ、「クィークェグの原型」として紹介されている。[11] また、デイヴィッド・ジャッフェ（David Jaffé）やロバート・ゲイル（Robert Gale）は、クィークェグのモデルとして、別のマオリ人、すなわち、チャールズ・ウィルクス（Charles Wilkes）の『一八三八年から一八四二年までの合衆国探検旅行記』（*Narrative of the United States Exploring Expedition During the Years 1838, 1839, 1840, 1841, 1842, 1844*）で言及されるコロラリカ（Kororarika）のコー＝トワトワ（Ko-towatowa）の名前をあげている。ジャッフェによると、ヨジョの信仰やラマダンの実践、また、クィークェグの額の描写などに、ウィルクスの『探検旅行記』における記述との類似が見られる。ウィルクスの『探検旅行記』が一八四七年に『マーディ』(*Mardi*, 1849)の執筆のために購入され、その後『白鯨』でも資料として用いられていたことを踏まえれば、『探検旅行記』におけるニュージーランドの記述も、クィークェグを造形する際に参照された可能性はある。[12] ニュージーランドの原住民であるマオリは、勇敢で、情にあつく、知的で進取の気性に富む民族とされ、太平洋諸島の他の原住民と比べて好意的な評価を欧米人から受けていた。[13] これらの背景を踏まえれば、人徳のある南海人というクィークェグの人物像に、南海人としては有徳とみなされていたマオリが重ねられている可能性は高いといえる。

全身を入れ墨で覆った有徳の南海人というクィークェグのイメージがマオリのイメージと重ねられるとは述べたが、その点をもとに彼をマオリであると断定するのは拙速である。クィークェグをマオリと断定しがたい根拠は、南海人という彼のアイデンティティを表す身体にこそある。彼の身体は、入れ墨の顔料と日焼けによってまだらになった「紫がかった黄色」の肌、あるいは、入れ墨で紫色に彫り込まれた模様であった。クィークェグの入れ墨の四角模様は、モデルとされるテ・ペヒ・クペのものと照らし合わせてみると、円や曲線からなるマオリの入れ墨とは合致しない。ジュニパー・エリス(Juniper Ellis)によれば、鉄打ちの顔に施された入れ墨は、「モコ(moko)」と呼ばれるマオリのものよりもむしろ、「ティキ(tiki)」と呼ばれるマルケサスのものに近いというのである(64)。彼の身体的特徴を子細に眺めてみると、クィークェグはマオリというカテゴリーからも逸脱しているのである。クィークェグがマオリではないとしたら、彼はいったい何人なのだろうか。

『白鯨』では、鯨学、モービィ・ディックとその白さといった事柄がイシュメールの口を通して滔々と語られるのにもかかわらず、クィークェグの入れ墨の意味が論じられることはほとんどない。例外となるのは、第百十章「棺の中のクィークェグ」(“Queequeg in his Coffin”)である。この章では、熱病にかかって生死の境をさまよいながら驚異的な回復を果たしたクィークェグが、自分の体に刻まれているのと同じ模様を、彼の要請で作られた棺の蓋に刻んだというエピソードが語られる。[14] この章において、イシュメールの目には「グロテスクな文様と絵」(480) としか映らないクィークェグの入れ墨のいわれが次のように紹介される。

そしてこの入れ墨は、彼の島の今は亡き預言者が行ったもので、この人は、これらの象形文字のようなしるしでもって、天と地についての完璧な理論と真理に到達するわざについての神秘主義的な論文をクィークェグの体に書き込んだのであった。それゆえ、クィークェグその人は解き明かすべき謎となり、驚異的な一巻の書物となったのである。しかしその謎は、自分の生きた心臓がそこで鼓動を打っていたにもかかわらず、自分自身にも読むことができず、したがって、結局これらの謎は、それが書かれている生きた羊皮紙とともに朽ち果てるのが定めで、だからまた永遠に解き明かされることがないのであった。(480–81)

この説明において、クィークェグの身体を覆う入れ墨は「解き明かすべき謎」とされているが、イシュメールにはその解明に取り組もうという姿勢が見られない。『白鯨』では鯨の白さに代表される謎めいた事柄が述べ立てられてきたことを踏まえると、クィークェグの入れ墨に対する語りの無関心さは奇妙に思われる。天と地に関する理論や真理に到達する方法が論じられているというクィークェグの入れ墨に深入りすることは、なぜ避けられたのだろうか。

この問いに対する答えは、クィークェグが一つのテクストとして招じ入れられる第九九章「ダブロン金貨」("The Doubloon") に見出せる。この章では、モービィ・ディックの姿を最初にとらえた者に対する報奨金としてエイハブが帆柱に打ちつけたダブロン金貨を前に、エイハブ、一等航海士スターバック、二等航海士スタッブ、三等航海士フラスク、マン島出身の老水夫、クィークェグ、フェダラー、船の雑用係であったが発狂してエイハブの道化のような存在となっていた黒人の少年ピップが、各人各様の解釈や反応を示す。読み手の一人というよりも一つの読みを引き出す触媒として登場するクィークェグは、物陰からひそかに様子を眺めていたスタッブから彼自身が「十二宮一覧図」(434) のようだと評され、次のように語られる。

たしかに、奴はしるしを比べているぞ。太腿のところを見ているな。太陽が腿のあたりにあると思っているのかな。それともふくらはぎのあたりか。はたまた、はらわたのあたりか。田舎で婆さんたちが外科医の天文学を話すみたいだ。なんと、奴は太腿の近くに何かを見つけたぞ――人馬宮、つまり、射手座のようだな。(434)

ここではスタッブ特有のユーモアも交えられながら、クィークェグの入れ墨の模様が金貨の模様――アンデスにある三つの山嶺とそれを覆うようにして区分りされた十二宮一覧図の一部で、太陽が天秤宮のところで昼夜平分点に入ろうとしているところが描かれたもの――になぞらえられる。様々な解釈を引き出したダブロン金貨と重ね合わされることから、彼の入れ墨は多様な読みを呼び込む多義的なテクストになっていると言える。クィークェグは、入れ墨によって「南海人」という主体の枠組みを引き受けながら、その入れ墨が示す多義性によって民族的な枠組みの中での固定化からはすり抜けるとらえどころのない存在になっているのである。

二．クィークェグの性の逸脱

クィークェグは、その身体的特徴により特定の人種的・民族的枠組みに収まりきらない存在となっている。人間を分類する枠組みから逸脱してとらえどころがないという彼の特性は、人種や民族だけではなく、性に関する点にも現れている。

クィークェグと言えばイシュメールとの友情で知られるが、彼らの関係で目を引くのは、クィークェグがイシュメールに対して行う身体の接触である。彼らの身体の接触は、彼らが「こころの友」となる前の段階、つまり、彼らが潮吹き亭で初めてベッドを共有した時にすでに行われている。それはクィークェグによるイシュメールの抱擁で、「クィークェグの片腕が、このうえなく愛情深い感じで僕の体に投げ出されていることに気づいた。僕がクィークェグの妻だと思われたかもしれない」(25)、あるいは、「僕が彼の腕を動かそうと――花婿からの抱擁をほどこうと――したけれども、彼は眠りながらも、まるで死のほかに僕らを分けるものはないというかのように、さらに僕を強く抱きしめた」(26)と語られる。クィークェグのモデルが白人船長との友情をあたためたというマオリの首長であるとされ、また、欧米ではマオリが情にあつい民族とみなされていたという点を考慮に入れたとしても、クィークェグの愛情深げな抱擁には注意する必要がある。というのも、それが、「二人の人間が跳んだりはねたりしてもたっぷり余裕がある」(19)という潮吹き亭の主人のコフィンが新婚時代に使っていたベッドの上で行われたものであり、また、彼らが結婚したカップル、すなわち、性的関係を持つことを認可された異性愛の男女にたとえて語られているためである。

さらに、クィークェグによるイシュメールの身体への接触は、イシュメールの腰を抱いて額と額を押しつけるというジェスチャー、つまり、ホンギと呼ばれる鼻と鼻を押しつけ合うマオリ特有の挨拶を想起させるものを通して行われる。[15] このジェスチャーは、彼らが「こころの友」となったことを宣言する際(51)、自分の生いたちを語り終えた際(57)、ラマダンの終了を伝える際(84)の三度、イシュメールに対する愛情を表明するかのようにして行われる。このジェスチャーの中でも特に興味深いのは、彼らの友情が宣言される際に行われるものである。ここでクィークェグは、「これから我々は夫婦である」(51)と述べている。この言い回しはココヴォコ島では「必要となれば、僕のために喜んで死ぬ」(51)という心持ちを表すものであるという解説が加えられるものの、クィークェグは、イシュメールに対するあつい友情を結婚、すなわち、身体の結びつきを包含する関係ととらえ、その性質を行動で示してみせている。

『白鯨』には、クィークェグとイシュメールの結びつきが結婚のたとえで語られる場面がもう一つある。それは第七二章「モンキーロープ」("The Monkey-rope")である。モンキーロープとは、鯨の脂身の切り取り作業において、鯨の背に開けられた穴に銛打ちが脂身カギを差し込む際に銛打ちの体と船とをつなぐものである。ピークォッド号では独自の慣習として、銛打ちの体を結んだものとは反対の端が、ボートの二番目の前オールを漕ぐ水夫の体につながれることになっていた。この章では、脂身カギの差し込みのためにクィークェグとイシュメールがモンキーロープで結ばれた状態で作業をした際のことが語られる。クィークェグと同じロープで結ばれている状態は、後に「引きのばされたシャムのつなぎが僕らを結びつけていた」(320)というシャム双生児のたとえで表現されるが、その前には「良い時も悪い時も、僕たち二人はその間結婚していたのだ」(320)と語られるように、結婚にたとえられている。[16]

『オムー』(*Omoo*, 1847)での「本当に興味深いやり方で、ポリネシア人はみなあっという間にこころの友になる傾向があるという点は言及に値する」(152)という記述にもうかがえるように、男同士の間で親密な友情が急速に育まれることは南海では珍しいものではないという認識は、旅行記などを通して欧米人の間に浸透していたと考えられる。しかし、南海では男同士の親密な友情がよく見られるものであるという点を考慮してもなお、クィークェグがイシュメールとの友情を結婚にたとえているという点は一考に値する。クィークェグのいう「結婚」には、どのような意味が付与されているのだろうか。彼の言葉を額面通りに受け取れば、この「結婚」は、自己犠牲も厭わぬほど信頼した相手との結びつきであり、「プラトニックな同性愛」(フィードラー『アメリカ文学における愛と死』四〇三）となる精神的な関係性だと言える。しかし結婚とは、多くの場合、肉体的な結びつきも包含した関係である。クィークェグがイシュメールへの身体接触を進んで行っていたことを踏まえれば、彼にとっての「結婚」は、精神的な結びつきはもちろん、肉体的な結びつきも指している。

「結婚」にたとえられる彼らの友情が性的な性質を帯びたものでもあることは、クィークェグとベッドを共にした後になってイシュメールに生じた感情の変化が「融解（a melting）」（51）と表現される点に現れている。ここでイシュメールが覚えた「融解」の感覚は、第九四章「手絞り」（"A Squeeze of the Hands"）で語られる感覚を先取りするものである。この章で語られる感覚とは、固まった鯨脳油を揉んで液体に戻すという作業をしているうちに恍惚となり無意識のうちに仲間の手を熱心に揉みしだいていた際に覚えた「友情の乳液と精液」の中に溶けていくような感覚、すなわち、男同士の間で生まれる「豊穣で、やさしく、親しげで、愛情に満ちた感覚」である（416）。同僚の手を握るイシュメールの恍惚感が提示されるこの章に同性愛的感情が見られることは、これまでも指摘されてきた。例えば、マイケル・ポール・ロジン（Michael Paul Rogin）はこの章が「自己を融解させるホモエロティックな受動性のイメージ」（113）を描いたものであるとし、レスリー・A・フィードラーは「男と男の救済的な愛」（『アメリカ文学における愛と死』四〇四）を洞察したものであるとしている。またロバート・K・マーティン（Robert K. Martin）は、この章では理想化された男同士の友情とともに、「非攻撃的な同性愛《ホモセクシュアリティ》」を表す自慰行為が共同で行われる様子が描かれ、「男の同性愛が持つ社会的な可能性」（*Hero* 82）が追求されていると論じている。「手絞り」の章で示される恍惚感、つまり、男同士の愛の絶頂時に到達する「融解」の感覚をイシュメールに呼び覚ましていることから、クィークェグは同性愛的な感情を喚起する存在であり、そのようなクィークェグとの「結婚」は同性愛的なものということになるだろう。イシュメールへの愛をつらぬき、間接的にではあるが、宣言通りその身を投げうってイシュメールの命を救うことになったクィークェグは、異性愛主義の性規範から見れば著しく逸脱的な存在だと言える。[17]

ところで、クィークェグとイシュメールの「結婚」というと、潮吹き亭で目覚めた朝にイシュメールが自らを新妻にたとえていたことから、夫とされるクィークェグが男、妻とされるイシュメールが女と想定されるのが通例である。しかしクィークェグには、このようなジェンダーの想定を裏切るところがある。リタ・ボーデ（Rita Bode）によれば、クィークェグのジェンダーの逸脱は、彼とイシュメールの「結婚」の関係が初めて語られる場面ですでに示されている（185）。クィークェグの抱擁を受けていることに気づいた時、イシュメールは、この抱擁に奇妙な感覚を覚えたとして、その感覚を想起させた幼少期の思い出を語る。その思い出とは、煙突をよじ登ろうとした罰として継母から寝室行きを命じられ、泣く泣く床についた後に目覚めると「名状しがたい、想像しがたい、物言わぬ姿、あるいは、まぼろし」の「超自然の手」が自分の体に置かれていたというものである（26）。イシュメールはこの「超自然の手」に恐怖を感じたと述べているが、眠っている子どもの体に置かれる手は、一般的には子どもに安らぎを与えようとする愛情に満ちたもの、「思いやりにあふれる母性のイメージ」（Bode 186）を想起させるものである。この「超自然の手」に関して、デイヴィッド・レヴェレンツ（David Leverenz）は彼のことを心配した継母のものであった可能性を指摘し（283）、ジョン・シーライ（John Seelye）は彼の死んだ母親の霊のものだと論じている（61）。誰のものであるかという点については見解が異なるが、この手は子どもを慈しむ母親的なものと結びつけられている。母性を想起させる幻影とも重ね合わされて語られることから、クィークェグはイシュメールを抱きしめる時に、彼の「夫」であるとともに彼の「母」にもなっているととらえられる。

さらに、クィークェグによるジェンダーの混淆は、第七八章「水槽とバケツ」（"Cistern and Buckets"）で描かれるクィークェグによるタシュテゴの救出劇にもうかがえる。鯨脳油の抽出作業の際に鯨の頭のケースと呼ばれる部分に転落したタシュテゴをクィークェグが救出する様子は、次のように語られる。

クィークェグが言うにはこういうことだ。タシュテゴを助けようとしてまず腕を押し込むと片足が出てきた。それはあるべき状態ではなく厄介なことになるかもしれないということが彼にはよく分かっていた――彼は出てきた足を押し戻し、器用に持ち上げたりしてインディアンを宙返りさせた。だから次に試してみると、インディアンは古きよきかたち――頭を先にして――出てきたのだった。(343)

この説明では、この救出劇が「産科術」の技術を駆使した「救出、というよりはむしろ分娩」(344)とされる。また、彼が駆使した技術に「産婆術」(344)という語も当てられていることから、クィークェグはここで、産婆、すなわち、出産の手助けをする女とみなされている。「男の産婆」(Martin, *Hero* 91)となることで、クィークェグはジェンダーの枠においても逸脱を見せているのである。

三. クィークェグは何者なのか

従来の研究においてクィークェグは、「こころの友」であるイシュメールとの関係という点から論じられることの多い人物である。彼らの関係は、「人間同士の結びつき」(Arvin 181; Karcher 73)、「平等と兄弟愛の理想」(Chase 101)、「コミュニティの精神」(Martin, *Hero* 77)を表すとされ、専横的で支配的で攻撃的なエイハブと対置されてきた。エイハブの妄執に引きずりこまれたイシュメールをその身を挺して救うことになったクィークェグが、個人的な復讐のためだけに動いていたエイハブとは対照的な、友愛を象徴する存在であることは間違いないだろう。しかし、メルヴィルが同時代のミドルクラスの性規範に抵抗し続けた作家であり、平水夫としての経験に材を求めた作品では、ミドルクラスの基準では特異とされる身体への関心を通して規範に対する抵抗を行ってきたという点を踏まえれば、クィークェグはイシュメールとの関係からのみ論じられるべき存在ではない。

クィークェグとははたして何者なのだろうか。彼は、全身に施した「南海」の入れ墨と日焼けによってその肌をまだらな紫色に染めている「野蛮人」であるが、骨相学的にみて優れた人物、つまり、白人的な身体的特徴も備えた人物ともされる。いわば彼は、異なった人種的特徴を融合させたハイブリッドな存在となっている。さらに、「南海人」としての民族的特性を検討していくと、ニュージーランドのマオリと重なる性格的特性は見られるが、その民族性を最もよく表すはずの入れ墨にはマオリとの重なりが見られない。南海のココヴォコ島の出身とされるクィークェグの民族性は、曖昧模糊としたものになっている。また、物語において彼を印象づけるイシュメールとの関係では、イシュメールの体を求め男同士の愛の絶頂で得られる恍惚感をイシュメールに抱かせることから、彼は友情という枠から逸脱したところにいる。そのうえ、イシュメールとの関係やピークォッド号での行動から、彼はジェンダーの境も越えていると言える。クィークェグは、「南海人」の「男」とされながら、その枠組みをすり抜けているように見える。正確な位置を特定できないココヴォコ島のように、彼は特定の主体の枠組みに収まりきらない存在である。メルヴィルは、『タイピー』において西洋対非西洋、あるいは、文明対野蛮といった二項対立の枠組みから外れる男らしさを模索し、それ以降も身体にかかわる問題を通して、ミドルクラスの白人が信奉する男らしさのイデオロギーを揺さぶり続けてきた。そのような作家にとって、アメーバのごとく変形して主体としての輪郭が定まらないクィークェグは、十九世紀中葉のミドルクラス社会に浸透していた理想的な男性像に対するオルタナティブとなる人物だと言える。

1　捕鯨船の乗組員の構成についてはCreighton, *Rites and Passages* 28-31および森田一〇三～〇六を参照。
2　福岡和子はこの章でのクィークェグの饒舌さに注意を促し、彼の生いたちはイシュメールにより語りなおされたもので、その中では実際のクィークェグの声がかき消されていると指摘している（『「他者」で読むアメリカン・ルネサンス』三三一～三三五）。

3　「ビーバー帽（a beaver hat）」は「シルクハット（a stovepipe hat）」のことを指す。ノートン第二版の註（p. 34n3）を参照。

4　キャロリン・L・カーチャーによれば、「カビの生えた頭蓋骨」は、人種的特徴を調べるために考古学者や民族学者が埋葬地から掘り出したアメリカ先住民の頭蓋骨を連想させるものである（Karcher 67）。この指摘を踏まえれば、イシュメールが用いたこの比喩もクィークェグが異人種であることを示す表現となっていると言える。

5　クィークェグのまだらな肌色に関して、カーチャーは人種という観点とは距離を置き、第五章「朝食」（"Breakfast"）で潮吹き亭の食卓に座る船乗りたちの日焼けした肌が比較されている場面に注目している。彼女は、クィークェグの示す差異は人種の違いからではなく程度の違いからとらえられており、彼の特異性は「さまざまな気候によって生み出された色の寄せ集め」（Karcher 68）になっている点にあると指摘している。

6　観相学は顔の特徴からその人の性格を読み取ることができるとするもので、代表的な観相学者にスイスのヨハン・カスパー・ラーヴァーターがいる。骨相学は、脳の特定の領域が特定の器官と関連しているため、頭蓋骨の形状などからその人の知性や性格を読み取ることができると称するもので、アメリカではオーソンとロレンゾのファウラー兄弟が主導した。「アメリカ学派民族学」は、額とあごの角度、髪の生え際と眉と鼻の頭の間の距離、頭の輪郭といった身体的特徴から人種的な差異を導き出し、白人の優等性を示そうとしたものである。この民族学を代表するのは、『アメリカの頭蓋骨』（*Crania Americana*, 1839）を著したサミュエル・ジョージ・モートン（Samuel George Morton）、『人類の諸類型』（*Types of Mankind*, 1854）を著したジョサイア・ノット（Josiah C. Nott）とジョージ・グリッドン（George R. Gliddon）である。

7　『タイピー』で語られる緑色の肌をした老人については *Typee* 92-93 を参照。

8　ラングスドルフは、クルーゼンシュテルンの世界周航（一八〇三～〇六）の一部に博物学者として参加し、一八〇四年にヌクヒヴァに十日間滞在した。ポーターはアメリカ海軍の士官で、米英戦争（一八一二～一四）ではエセックス号の指揮官を務めて太平洋を航行し、マルケサス諸島において原住民の「文明化」を試みた。スチュアートは、従軍牧師としてアメリカ海軍の軍艦ヴィンセンズ号に乗り組み、一八二九年にマルケサス諸島を訪れた。

9　ロバート・K・マーティンによると、クィークェグは、トマホークのパイプの使用によってアメリカ先住民と、ラマダンの実践によってムスリムと、彼が信を置く偶像のヨジョによってアフリカ人とも結びつけられている。クィークェグが「非白人の混合物」（Martin, *Hero* 79）であるという指摘からも、彼は異なった人種的・民族的特徴を融合させた存在になっていると言える。

10　テ・ペヒ・クペについてはSanborn, *Whipscars and Tattoos* ch3を参照。

11　クィークェグとテ・ペヒ・クペとの類似については、Sanborn, *Whipscars and Tattoos* 101-02を参照。また、「クィークェグの原型」とされる絵は、「トゥパイ・クパの自画像（Self-Portrait of the Face of Tupai Cupa）」と紹介されているが、ジュニパー・エリス（Juniper Ellis）によると、「トゥパイ・クパ」という名前は、クレークがテ・ペヒ・クペを誤記したものである（60）。

12　メルヴィルがウィルクスの『探検旅行記』を購入し『白鯨』で参照していたことについてはHayford, Parker and Tanselle 640を参照。

13　近代の欧米人がマオリに与えていた評価についてはSanborn, *Whipscars and Tattoos* 6-9を参照。

14　この章で示されるように、クィークェグはイシュメールら平水夫と同じ前甲板で寝起きをしているが、これは船内での階層によって居住空間が分けられていたという捕鯨船での慣習と矛盾する。前甲板に居住しているという点から、クィークェグには船内での階層の逸脱も見られると言える。

15　額と額を押しつけあうというジェスチャーがホンギの変形であることは、クィークェグのモデルとされるテ・ペヒ・クペがホンギを行ったという記述が『ニュージーランド人』にあること（Sanborn, *Whipscars and Tattoos* 82）、また、相手が白人だとマオリ同士の場合のようには額がくっつかないという不平をあるマオリ人がもらしたという例があること（Sanborn, *Whipscars and Tattoos* 160n16）から推定される。

16　ロープでつながれた状態のたとえが夫婦から兄弟に言い換えられているように見えるのは、『白鯨』の執筆過程が影響している。サンボーンやパーカーの指摘によると、「こころの友」としてのクィークェグは、メルヴィルが『ニュージーランド人』を読んだ後で書き換えられたものである（Parker, *Herman Melville: A Biography Vol. 2* 40; Sanborn, *Whipscars and Tattoos* 103-04）。そのような執筆過程を踏まえれば、モンキーロープで結ばれたクィークェグとイシュメールの関係が兄弟というよりも夫婦のものだととらえるのが妥当であろう。クィークェグが「こころの友」として書き換えられた過程については、Hayfordを参照。

17　イシュメールは、クィークェグとの親密な関係を南海の文化に基づくものとして説明を行っている。イシュメールの説明は、彼がクィークェグに圧倒されるかたちで彼らの関係が結ばれていったかのような印象を与える。しかし、十九世紀のアメリカ社会で見受けられていたという同性間の親密な関係を考慮に入れると、イシュメールの側にもクィークェグとの「友情」を受け入れられる素地があったと考えられる。十九世紀中葉のアメリカ社会では、「ロマンティックな友情」と呼ばれる同性間の関係が容認されていたと言われている。「ロマンティックな友情」とは、互助的な関係、思春期の者たちの情熱的な友情、さらに現代であれば同性愛と名づけられるような肉体の接触を伴う関係まで多岐にわたるが、基本的には感情の共有を基盤とする同性間の親密な結びつきを指す。「ロマンティックな友情」は、一般的には女同士の結びつきととらえられているが、ミドルクラス以上の階層では、男同士の間でも少年から成人への過渡期に同様の関係が構築されていた（Rotundo 75-78）。イシュメールに話を戻すと、平水夫としてあれこれ命令される立場になるのは「名家の出であれば、自尊心が傷つけられる」（6）と語っている点、また、第五四章「タウン・ホー号の物語」（"The Town Ho's Story"）において、陸に戻った彼が交際していたのは平水夫の大半が属する労働者階級の人間ではなく上流階級の人間であった点から、彼は一般的な平水夫とは異なる出自、つまり、ミドルクラス以上の階層に属していると言える。階層的に「ロマンティックな友情」に馴染みがあったと思われるイシュメールにとって、ココヴォコ島の王子であるクィークェグとの同性愛的と言えるほど親密な関係は抵抗なく受け入れられるものであったと考えられる。女の「ロマンティックな友情」については、Faderman, Smith-Rosenberg 53-76、竹村三三～八八を、男同士の関係についてはRotundoを、イシュメールの階級についてはSanborn, *Whipscars and Tattoos* 164n28を参照。

第五章　ピエール・グレンディニングの性

――『ピエール』における曖昧なもの

はじめに

第七長編となる作品について、メルヴィルはそれまでのものとは異なったタイプの作品になると明言していた。例えば、ナサニエル・ホーソーンの妻ソファイアに宛てた一八五二年一月八日付の書簡において、前作の『白鯨』（*Moby-Dick*, 1851）を彼女が賞賛してくれたことへの驚きを示しつつ、「塩水の入った盃をもう一杯あなたに差し出すという真似はいたしません。次に私が託すのは、ミルクの入った田舎風の盃となるでしょう」（*Correspondence* 219）と語っていた。また、イギリスの出版者リチャード・ベントリーに宛てた一八五二年四月十六日付の書簡では、この作品が「型通りのロマンスでありながら、謎めいたプロットが入り、情熱が掻きたてられ、そのうえ、アメリカ人の生き方の新しく心が高ぶるような面を表現している」（*Correspondence* 226）ものだと述べ、どの自分の作品よりも人気の見込めるものになると訴えている。[1]これらの発言から、彼は当初、前作までとは異なるジャンルの作品、すなわち、小説の読者の中核をなしていた女性の嗜好にも合う作品を書こうとしていたと推測される――序章で触れたように、メルヴィルが自身の作品を女性向きではないと考えていたことは、先に引用したソファイア・

ホーソーンへの書簡に加え、友人のサラ・モアウッドに宛てた一八五一年九月十二日あるいは十九日付の書簡（*Correspondence* 205-206）にうかがえる。[2] ところが、彼が実際に発表した『ピエール、あるいは曖昧』（*Pierre, or The Ambiguities*, 1852：以下『ピエール』）は、「型通りのロマンス」とは似ても似つかないものであった。

アメリカ人青年ピエール・グレンディニングの苦悶と破滅を描いたこの作品は、反道徳的なプロット、大仰な文体、形而上学的な思索などから酷評されたうえ、作家の精神異常を報じる記事まで出て、彼に大きな痛手を与えた。[3] この作品はその後ほとんど黙殺され、一九二〇年代に彼が再評価されるようになるまでそうした状況が続いた。しかし彼の再評価を機に、刊行当時にこの作品に着せられた汚名は返上され、メルヴィル家の家族問題や作家メルヴィルが置かれていた状況を作品と重ね合わせるものや形而上学的思索や文体に焦点を当てるものなど、多様な解釈がなされるようになった。[4] 近親姦が疑われる関係が扱われているため、ピエールのセクシュアリティをめぐる問題はかねてから解釈上重要な点と位置づけられてきた。さらに、この作品を男に対する主人公の愛を異性愛の物語で隠蔽したゲイ小説として論じたジェイムズ・クリーチ（James Creech）やホーソーンとの交際とその破綻の影響を探ったモニカ・ミュラー（Monika Mueller）のように、同性愛的欲望に着目した分析も行われるようになっている。

前章までの議論から、メルヴィル自身の船員としての経験や見聞に依拠したところのある作品では、アメリカ北部のミドルクラス出身と思しき白人青年が世界へと出ていく中で遭遇するもの、つまり、社会で規範的とされている男らしさに対するオルタナティブ、あるいは、そのようなオルタナティブに接したことで生じる価値観の動揺が描き込まれていると言える。しかしメルヴィルは、『ピエール』では平水夫としての自らの経験に材を取ることをやめ、舞台も海から陸に変更している。作風が著しく変化したこの作品において、男らしさをめぐる問題について見られる傾向に変化は生じているのだろうか。イザベルとの出会いをきっかけとしてピエールが陥る苦悩に目を向ければ、他者との関わりを通してアメリカ人青年の男としての主体の有り様が激しく揺さぶられるという傾向は踏襲されていると考えられる。他者との遭遇を通して男らしさの観念が揺さぶられるという意味では、ピエールは、『タイピー』のトンモ、『ホワイト・ジャケット』のホワイト・ジャケット、『白鯨』のイシュメールに連なる人物ととらえることができる。さらに、サドル・メドウズでの彼の様子に注目すると、ピエールは、『白鯨』においてクィークェグが体現していた異種混淆性――『ピエール』では「曖昧」という副題で表現されるもの――をアメリカ人青年として引き受けていると言えるのではないだろうか。そこで本章では、主人公ピエールと彼の性の有り様に影響を及ぼす人物との関係に焦点を当て、「曖昧」と表現されるものを解明していく。具体的には、ピエールと彼の母メアリーとの擬似姉弟関係、異母姉とされるイザベルとの近親姦が疑われる関係、ルーシーをめぐり激変していく従兄弟グレンとの関係を取り上げ、それぞれの関係がピエールのジェンダーやセクシュアリティにどのような影響を与えているのかを示す。

一.「姉」がもたらす性の曖昧

ピエール・グレンディングのセクシュアリティと言えば、彼が自らの「姉」と持つ関係を抜きにして語ることはできない。一般的にピエールの「姉」として想起されるのは、異母姉を自称するイザベル・バンフォードである。しかしこの作品には、彼が「姉」と呼ぶ女がもう一人存在する。それは、彼の母親メアリー・グレンディニングである。イザベルが目の前に現れるまで、ピエールは母を「姉」、息子である自分を「弟」とする擬似姉弟関係に興じていた。彼らの関係は、レスリー・A・フィードラーが「妙にべたべたした複雑な関係」(『アメリカ文学における愛と死』三六一)と呼んでいるように、母と息子の関係としても、彼らの呼びかけに従った姉弟関係としても、度を越して親密なものとなっている。彼らの過度の親密さは、例えば、朝の散歩を終えてピエールが母の寝室に入ってくる場面において次のように描かれている。

「こんにちわ、ピエール。だって、もう午後でしょう。だけど、いらっしゃい。私の身支度の仕上げをしてちょうだい。さあ、弟よ」――リボンに手を伸ばし――「さあ、立派にやってみせてちょうだい」――鏡から離れて座ると、彼女はピエールの仕事を待った。

「グレンディニング公爵未亡人にお仕えする女中頭というところだね」とピエールは笑い、母の前で身を屈めると、リボンを首に優雅に巻き、両端は前面で交差させるだけにした。

「ねえ、そこは何で結ぶのかしら、ピエール」

「口づけで結わえてやるんだよ、姉さん――ほら！　ああ、こういう結び目がもたないというのは本当に残念だよ！　――昨日の夜に僕があげた子鹿のついたカメオはどこだい――あ！　背板の上か――それじゃあ、これをつけるつもりだったのかい――ありがとう、情け深い僕の姉さん――ほら！　――でも、待って――こ、巻き毛がはねているよ――さあ、愛しい姉さん、アッシリア人みたいに頭を上げて」（14-15）

ここでピエールは遠慮することなく母親の寝室に入っていき、自らを「女中頭」と称しながら彼女の身支度の手伝いをしている。この身支度の場面でも明らかなように、ピエールとメアリーの関係を特異なものにしているのは、お互いを「姉」と「弟」と呼び合う習慣――メアリーの寝室のような私的な空間ばかりでなく公的な場でも習いとしていたと語られるもの（5）――である。ジリアン・シルヴァーマン（Gillian Silverman）によれば、十九世紀中葉のアメリカでは兄弟姉妹の結びつきが理想的な男女関係の原型ととらえられていた（354-55）。例えば男性向けのアドバイス本では、過度な性交渉による健康への悪影響を避けるため配偶者を姉妹とみなして節制するように説くものがあった。また、スーザン・ウォーナー（Susan Warner）の『広い、広い世界』（*The Wide, Wide World*, 1850）やマライア・カミンズ（Maria Cummins）の『点灯夫』（*The Lamplighter*, 1854）などの家庭小説では、ヒロインと「兄」と呼ばれる男との関係が描かれるという傾向が見られた。[5] 兄弟姉妹の関係を男女関係の雛型とみなす状況があったとはいえ、度を越した兄弟姉妹の結びつき、すなわち、近親姦は性の規範に反するものである。「修道士のような禁欲」（Kelly, "*Pierre's* Domestic Ambiguities" 92）とはほど遠い彼の様子から、ピエールとメアリーが交わしていた呼びかけは、彼らの関係が規範を支える理想的なものではなく、逸脱的な性質を帯びたものであることを示唆している。

ピエールとメアリーの関係は、前エディプス的な母子癒着、あるいは、彼らが行う呼びかけに従うならば姉弟の近親姦ということになるだろうが、先の引用に目を向けると別の様相が浮上してくる。問題の身支度の場面において、ピエールは自らを「女中頭」と称していた。ここで彼は、自らをアメリカの旧家の跡取り息子ではなく、イギリスの貴族に仕える女に見立て、国、階級、ジェンダーの枠から外れている。この喩えの中でもジェンダーの逸脱は、彼らの関係性をひもとくうえで重要となる。

メアリーがピエールについて行った発言に目を向けると、ピエールのある性格的特性にも、彼がジェンダーの境を越えている可能性がうかがえる。その特性とは彼の従順さである。ピエールの従順さは、「すなお」（docile および docility）という言葉で繰り返される。例えばそれは、「経験がなく発達も十分でない若さという避けがたい弱みがあったため、ピエールは、それまで彼の興味を引いたり影響を及ぼしたりしたほとんどすべての事に関して、母の教えに不思議なほどすなおであった」（16）という語りにうかがえる。さらにメアリーは、「美しくて、誇り高くて、愛らしくて、すなおで、元気な子よ」（20）などと息子について語っている。ピエールの「すなおさ」について注目すべきは、メアリーが亡き夫の言葉を引き合いに出して「とりわけ立派な子馬が三つの点――豊かな毛、せり上がった胸、素晴らしいすなおさ――で良い女に似ているように、立派な若者もそうであるはずよ」（20）と述べ、息子の特性である「すなおさ」を女性的なものとみなし、これを賞賛している点である。バーバラ・ウェルター（Barbara Welter）によると、十九世紀アメリカのミドルクラスの社会において「従順さ」は、「敬虔」、「純潔」、「家庭性」とともに「本物の女らしさ」の支柱となる女性的な性質ととらえられていた（27）。作品が書かれた当時に社会に浸透していた通念を踏まえると、ピエールの「すなおさ（docility）」は、社会で称揚されていた女性性の一つである「従順さ（submissiveness）」に通じるものだと言える。

女性的な「すなおさ」を持つピエールとそれを是認するメアリーは、「姉」「弟」と呼び合うことによってどのような関係を構築していたのだろうか。サドル・メドウズでの立場を考慮すると、彼らの関係性として想起されるのは「ロマンティックな友情」と呼ばれる同性間の親密な結びつきである。キャロル・スミス＝ローゼンバーグ（Carroll Smith-Rosenberg）は、特に女同士の「友情」について次のように説明している。

> このように深く感じ合う同性間の友情は、アメリカの社会ではふつうに受け入れられていた。事実、少なくとも十八世紀末から十九世紀中葉にかけて、多様で高度に構築された関係を持っていた女たちの世界は、アメリカ社会の重要な要素となっていたようである。こうした関係は、姉妹たちの支え合いの気持ちから、思春期の少女たちの熱情へ、さらに成熟した女たちによる肉感的《センシュアル》な愛の表明にいたるまで多岐にわたった。そこは、男たちがおぼろげにしか姿を現さない世界であった。（53）

このような女同士の結びつきでは、家庭生活の中で生じた感情の共有が主に行われていた。友人への共感は、手紙や日記に書き込まれた熱烈な言葉ばかりでなくキスや抱擁といった身体的な接触の形によっても示されていたとされる。その関係は、現代であれば同性愛的と呼べるほど親密なもののように映るが、当時は規範とされる異性愛の関係を補完するものとして是認されていた。[6]

姉弟として異性であることを標榜しているにもかかわらず、なぜピエールとメアリーの関係を同性の間で見られた「ロマンティックな友情」ととらえることができるのだろうか。この疑問を解くカギを握るのは、主導的な立場にいるメアリーである。彼女は五十歳近くの美貌の未亡人で、「女たちが抱くありきたりの自負心以上のもの」(15)と表現される強烈な「自負心」を生まれながらにして持っているとされる。その「自負心」が「健康のしるし」(15)ともなっているため、彼女が健やかに生きていくためには他者からの関心が不可欠なのであるが、彼女を満足させることができるのは「最も高貴な男のより抜かれた敬意」(15)しかないというのである。さらに、メアリーが必要とするものは品格ある異性からの賞賛ばかりではない。夫の死がもたらした深い悲しみなど、同性の友人と共有されるべき感情も彼女にはあり、そのため、共感に基づく同性との親密な結びつきも彼女は求めていたと考えられる。ただし、サドル・メドウズ近郊に暮らす未亡人であるルーシーのおばをはじめ、他の女とは分かち合えない思いもメアリーは抱えている。それは、彼女がジェンダーの境界を越え男性的な領域にも身を置いているという点に起因するものである。彼女のジェンダーの越境は、夫に先立たれてから領地の経営管理を自ら行ってきたことにより明示される。それはさらに、ピエールの「すなおさ」を称えた場面において、武将であった父親の司令杖――ミュラーによれば、男根的《ファリック》な性質を帯びているとみなすことができるものである(Mueller 82)――を彼女が手に取ったところによっても示唆される。メアリーが「ロマンティックな友情」のような同性間の関係を通して自らの経験やそれに起因する感情について共感を得ようとすれば、彼女の相手もまた、ジェンダーの越境を行っている人物でなければならない。そこで彼女は、理想的なパートナーの役割をピエールに求めたのである。高貴な男からの賞賛と同性の友人の共感の両方を求めていたからこそ、メアリーは、跡取り息子としての自覚をピエールに促しながら、女性的な特性とみなされる彼の「すなおさ」も高く評価したのだと言える。

ピエールとメアリーの関係は両性の性格を混淆させた者同士の「ロマンティックな友情」ととらえられるが、この関係において、彼はあくまでも「弟」という異性の肩書きで呼びかけられている。それはいったいなぜなのだろうか。ピエールが「弟」と呼びかけられる理由は、彼が吐露する願望、すなわち、本物の姉を求める気持ちに見出すことができるだろう。本物の姉はいないという現実についての彼の心情は、メアリーの身支度の場面に先立ち、人生における唯一の欠落として、「姉というものがテクストから省かれていた。兄弟愛のような素晴らしい感情が自分に与えられていないことを彼は嘆いた」(7) と語られている。語り手によれば、「唯一の欠落」や「欠けている現実」と語られる姉の不在は、メアリーの「架空の肩書き」では埋められないものだという (7)。ピエール自身は「必要とあれば僕が愛し、守り、戦ってやる人がいればなあ。やさしい姉さんのために死をも厭わず戦うなんて、絶対に名誉なことさ！」(7) という言葉で姉の不在を嘆いているが、彼はこの発言において、メアリーとの架空の姉弟関係が理想とは異なるものであること、つまり、姉のために戦って彼女を守るというような弟に負託される男性的な役割がメアリーとの関係では求められていないという状況を示唆している。仮定法を用いた彼のこの発言は、擬似姉弟関係において男になりきることが望まれてはいないという実態を露呈させるものとなっている。いわばピエールは、メアリーからの「弟」という呼びかけを通して、男であることを求められながらも自らが理想とするような男の主体になることは許されず、ジェンダーのうえで曖昧な存在にされているのである。

二.「妻」がもたらす性の混乱

自らの欲望を満たそうと擬似姉弟関係を築き上げていくことにより、メアリーは息子であるピエールのジェンダーを曖昧なものにしてしまっていた。彼女はサドル・メドウズという閉ざされた世界の中で息子を自分に従属させ、彼との「ロマンティックな友情」の関係を満喫しているように見える。しかし彼女は、ピエールとの関係が実際には盤石なものではないことを認識していた。そのような彼女の認識は、息子に続いて彼の婚約者ルーシーの「すなおさ」を褒めたたえる発言の中で、次のように語られる。

あの子のかわいい妻なら、私からあの子を引き離したりはしない。あの娘もすなおなのだから――美しくて、礼儀をわきまえていて、本当にすなおなのだから。あの娘のような青い目はめったに見たことがないわ。あれは、ただすなおなわけではなく、厚かましい黒羊についていったりはしない。おとなしい青いリボンをつけた二頭の雌羊が勇ましい先導者についていくというように。ピエールが、どこかの黒い目をした高慢ちきではなく、あの娘を愛してくれて本当に嬉しいわ。高慢ちきと一緒になったら、心安らかに暮らせやしない。そんな女は、若やいだ夫婦の暮らしを年老いたやもめの私よりも優先させ、愛しい息子の敬意がすべて自分のものだと言い張るもの。(20)

ここで彼女はルーシーを称揚しながら、それとは真逆の女、つまり、「どこかの黒い目をした高慢ちき」に対する反感を露わにしている。彼女のこの発言は、自分に対して「すなお」ではない見ず知らずの女に息子の心が奪われ、自分の力が及ばない世界、言うならば、性的に曖昧なところのない世界へと彼が連れ出されてしまう可能性に対する彼女の恐れを示している。ピエールが自分との関係を破棄することになるのではないかという彼女の不安は、イザベルと名乗る女の出現によって現実のものとなる。

イザベルは、まず「黒い目の、光り輝いていて、懇願するような、悲しみに沈んだ顔」(37)の幻影としてピエールの前に姿を現す謎めいた女である。ペニー姉妹が近隣の農夫の妻や娘を集めて催していた裁縫の会でピエールと遭遇した後、彼女は手紙で母親違いの姉であると伝えてくる。彼女が身を寄せていた農夫の家での初めての面会から、その長く豊かな黒髪で彼女はピエールを魅了する。さらに彼女は自らの半生について語り、その顔立ちと重なる肖像画――彼女の母親と思われるフランス人女性と恋愛をしていたとされる頃の若かりし父を描いたもの――の「名状しがたい表情」(112)、問題の肖像画の来歴についての叔母の話、さらに、死の床で譫妄状態にあった父から「娘」と呼びかけられたことを彼に思い出させ、彼女が本物の姉だと彼に確信させる。

黒い目を持つイザベルは、メアリーが「高慢ちき」と呼んで出現を危惧したような女ととらえられるが、彼女の他者性はその容貌ばかりでなく、その半生にも現れている。ピエールとの面会において、彼女は幼少の頃から他人と関わりを持つ機会をほとんど与えられることなく、様々な場所を転々としてきたと語っている。そのような経歴を伝える彼女の言葉は、彼女が奏でるギターが発するものも含めて破格なものとなっている。イザベルは、容貌や経歴、自身のことを伝える語り口によって、メアリーが支配するサドル・メドウズの世界にとっての他者と位置づけられる。

メアリーが恐れていたように、イザベルとの出会いをきっかけにして、ピエールは母に対する態度を変化させる。イザベルからの手紙を受け取ると、彼は母/姉メアリーとの関係に批判的な視線を向け、「ところで、母の慈しむような愛には、自尊心が鱗状にひだをなしてギラギラとした光を放っていたとは思わないか。母は自尊心の愛から僕を愛しているのだ」(90)と語られるように、彼女の愛情に疑念を抱くようになる。イザベルとの出会いにより、彼はメアリーとの擬似姉弟関係のむなしさ、さらに、そのような関係を築くことで自分を性的に曖昧にしている彼女の横暴に気づき、母に対して従順ではいられなくなっていくのである。

ピエールは、メアリーに対する猜疑心を強めると同時に、他者であるイザベルに強く引きつけられていく。彼を彼女のもとへと引き寄せた力は、彼らの二回目の面会において「磁力」、あるいは、「大気に漂う尋常でない魔力」と表現される(151)。彼女が放つ抗いがたい力が彼女の豊かな黒髪と結びつけられ、金髪碧眼のルーシーとは対照的なダーク・レディとして造形されている点から、ピエールが彼女に感じた「磁力」あるいは「魔力」は、性的なもの、すなわち、彼女に対する異性愛的な欲望ということになるだろう。

最初の面会では姉弟としてのもの以外の抱擁を行うことなど彼の頭をよぎりもしなかったとされるが、グレンディニングという父の姓を名乗れるようになることを願うイザベルの救済策を考え抜いたすえに、ピエールは彼女と夫婦として生きていくことを決意する。この決意は、父の名誉も母の自尊心も傷つけることなく、なおかつ、合法的な形でグレンディニングという姓をイザベルに与えられる方法として提示されるが、彼はこの決断により、つまり、母の影響下にある婚約者とではなく欲望を喚起してくる外部の女と結婚することにより、性的に曖昧な状態を脱して異性愛の男になろうとしたとも考えられる。彼の決断が性的に曖昧な存在から異性愛の男への転換を図るものでもあることは、「結婚」の決意をした後で彼らが性的な関係を持ったことが少なくとも二度暗示されている点からうかがえる。[7] 一度目は自らの決意を彼がイザベルにささやく場面で、抱擁をする二人の様子が「その後、彼らの様子が変わった。からみ合い、もつれるようにして押し黙っていた」(192) と語られる。二度目は彼らがニューヨークに着いてから三日目の晩のことである。ここでピエールは、「弟」と呼びかけるイザベルに対して「もう弟とは呼ぶな! 僕がお前の弟だとどうして分かるのか。お前の母がお前に言ったのか。僕の父がそう僕に言ったのか――僕はピエールで、お前はイザベル。人類全体の中では広い意味で弟と姉だ――それ以上ではない」(273) と言い放って「弟」という地位を拒絶し、その後、二人は黙って座っていたとされる。彼らの近親姦を暗示させる場面のうち、注目すべきは後者である。ここでピエールは「弟」という呼びかけを拒絶しているが、そもそも「弟」という称号は、サドル・メドウズにおいて彼を性的に曖昧な存在にしてきたものであった。性的関係が暗示される場面での弟という称号の拒絶には、男とはされているものの輪郭の曖昧なものから異性愛の男のものへと自らの主体を構築し直そうという彼の意志が現れている。

しかしながら、イザベルとの関係を深めることによってピエールの主体が再構築される可能性は、彼らの最初の面会の段階で予め否定されている。そのことは、弟としての抱擁に抵抗する素振りを見せたイザベルについての以下の語りにうかがえる。

したがってイザベルは、運命の笏が振られたために永遠に姉でなくなっており、彼をルーシーへと引き寄せたような愛の可能性からは見たところ永遠に、しかも二重に隔てられていた女であるが、それでもなお、彼の魂のうちの最も熱烈で、最も深遠な感情の対象となっていた。それゆえ、ピエールにとってイザベルは、この世の領域からすっかり舞いあがり、朽ちることなき「愛」の中天で神々しい姿に変貌したものとなっていた。(142)

この場面において、ピエールがイザベルを天上の領域に位する聖なるものとして奉っていることが明かされている。かつて彼は夫として抱擁をすることでルーシーの「天上の領域」(58)を損なってしまうのではないかと恐れて彼女を聖化し、彼女との関係をアセクシュアルなものにしていたが、それと同様のことをイザベルにも行っている。こうした聖化を行うことで、彼はイザベルを「この世の領域」とは隔絶した存在にし、弟であれ夫であれ、世俗的な形での結びつきを望むべくもない状態を生み出しているのである。

イザベルとの世俗的な絆の構築が予め阻まれていると示唆されていることを踏まえると、彼女を「妻」とすることで異性愛の男になろうとするピエールの試みは、性的な関係を実際に持ったかどうかとは関係なく、成功する見込みはないということになるだろう。彼の試みが失敗に終わることは、「結婚」によって彼が否定しようとした「弟」という位置にイザベルが固執し続けた点により示される。「弟」という位置は、近親姦タブーばかりでなく、彼が乗り越えようとした母メアリーとの関係、すなわち、彼を性的に曖昧にしてきた擬似姉弟関係を想起させるものである。欲望の対象であるイザベルから「弟」と呼びかけられることによって、彼は彼女と出会う以前に構築された曖昧な性の有り様と直面せざるをえなくなる。「弟」であることを拒み「夫」であるとすればするほどにピエールは追い詰められ、彼の性は混乱をきたしていくこととなる。

三　従兄弟との再会で露呈する性的な曖昧さ

『ピエール』をめぐっては、ピエールと彼が深く関わる女たちとの関係に関心が寄せられることが多い。しかし彼の性の有り様に注目する場合、従兄弟のグレンディニング・スタンリーとの関係も看過するわけにはいかないものである。この青年は、普段はグレン（Glen）と短縮した名で呼ばれているが、洗礼名はピエールの姓と同じグレンディニング（Glendinning）である。ピエールとグレンの共通点は名前だけではない。「見事なまでの男らしい美しさ」（288）を示す名家の一人息子であることから、グレンはピエールとよく似た人物とされる。

この似た者同士の二人は、少年時代には「従兄弟としての愛着をはるかに上回る」（216）感情をお互いに抱いていた。少年時代の彼らの親密さについて、語り手は以下のように述べている。

十歳の時点で、彼らは次のような真実の実例を示していた。それは、気立ての良い寛大な少年たちの友情は、ロマンスが生まれそうな安楽さや優雅な暮らしの中で育まれると、単なる少年っぽさという境を越え、両性の間で享受されるこの上なく甘美な感情にほんのわずかに及ばないくらいの至高の愛にしばしの間ひたるというものである。（216）

親戚としての情愛を超越する彼らの親密さは、「大きな包み二つ分の、ぎっしりと書き込まれ、多くの場合は黒いインクの上に赤いインクで交差するように文字が記された手紙」（217）という形で現れる。彼らの熱烈な関係は、思春期に入り、それぞれが異性であるルーシーに関心を寄せるようになったのを機に「ただの表面的な友情」(217)に落ち着いていったとされる。しかし、少年期に育まれた彼らの親密な関係は、「予備行為としての少年同士の友愛」(217)、すなわち、規範的とされる異性愛の関係の予行演習として片付けられるものではない。

従兄弟に対する姿勢の変化は、ヨーロッパでの遊学から戻った後のグレンの側に見られる。彼の変化は、少年期には彼らの絆の証となっていた手紙の起句に現れている。語り手によると、彼が用いる起句はかつては「最愛のピエール(Beloved Pierre)」という情愛あふれるものであったが、「僕のとても親愛なるピエール(My very dear Pierre)」、「僕の親愛なるピエール(My dear Pierre)」、「親愛なるピエール(Dear Pierre)」、「僕のこの上なく親愛なるピエール(My dearest Pierre)」というように、その時々になおざりに記したものに変わってしまったという(219)。ピエールはこのような従兄弟の変節を早々に察知して失望し、従兄弟からの手紙を焼き捨ててしまう。このようなピエールの反応は、従兄弟に対する彼の感情が実際には「ただの表面的な友情」に落ち着いていなかったこと、すなわち、従兄弟に対する親密な感情を少年時代を過ぎてもなお彼が保持していたことをうかがわせる。

ピエールとグレンが自分たちの関係に対して異なる態度を示すようになったのには、彼らを取り巻く環境が影響している。彼らが生まれ育った環境の違いは、第一の書における「都会」と「田舎」の比較で予め示されている。この比較において、都会は「より平民的な部分」であるが、田舎は「最も詩的で哲学的」であるとともに「この世の最も貴族的な部分」であるとされ、都会に対する田舎の優位が示されていた(13)。この定義に従うならば、「平民的」な都会に暮らすグレンは、世間に浸透している規範に接する中でその規範に沿う性的な主体になっていったと考えられる。つまり、異性愛主義の規範の中で生きるグレンは、その規範に適応する異性愛の男として自らの主体を構築しているということになる。だからこそ、彼は思春期を過ぎるとピエールへの愛を「表面的な友情」、すなわち、社会的に是認されるホモソーシャルな関係性へと移行させていったのである。それに対し、「貴族的」とされる田舎、しかも、母が支配する閉ざされたサドル・メドウズに暮らすピエールは、外界の規範に従う必要がない。閉ざされた共同体にいて世間の性規範について考慮する必要がないため、彼は、母メアリーとの関係で構築されていった性的な曖昧さはもちろん、従兄弟に対する同性愛的感情も保持することが可能となる。サドル・メドウズにとどまっていたピエールは性的な社会化が果たされることがないため、グレンと同じように従兄弟に対する熱情を失ったように見せながら、実際には少年時代のままに従兄弟を愛し続けていたと考えられる。

性的な社会化が果たせていないというピエールの問題は、イザベルとの偽装結婚により浮かび上がってくる。イザベルとの結婚を宣言してサドル・メドウズを出たピエールは、ニューヨークにいるグレンを頼ろうとする。これは、ルーシーとの婚約の噂を聞きつけた従兄弟がハネムーンの際の滞在場所を提供したいと彼に申し出ていたためである。花嫁が変わったとしても、少なくとも親戚としてのよしみから手を差しのべてもらえるだろうと期待して彼はグレンを訪ねたのだが、従兄弟は赤の他人だと言って彼を追い出し、彼の期待を打ち砕いてしまう。ピエールは遊学先のヨーロッパの影響による堕落ととらえているが、このようなグレンの態度は彼の性的な社会化に起因したものでもあると言える。ピエールとグレンが異性に対する関心を芽生えさせるようになると、すなわち、彼らがルーシーをめぐってライバル関係になると、グレンは自分から身を引きピエールに思いを遂げさせている。そうすることで、グレンは自分たちの関係を同性愛的な性質を帯びた少年愛から成熟した男同士のホモソーシャルなものへと移行させようとしたのである。『男同十の絆――イギリス文学とホモソーシャルな欲望』（*Between Men: English Literature and Male Homosocial Desire*, 1985）におけるイヴ・コゾフスキー・セジウィック（Eve Kosofsky Sedgwick）の議論を踏まえれば、ホモソーシャルな関係では、男同士の絆を強化するために女が「貨幣」（52）として交換される。[8] 自ら身を引きルーシーをピエールに譲ることにより自分たちの関係をホモソーシャルなものにしようとしたグレンにとって、未知の女のイザベルは、自分たちの絆を強めるのに役立つ「貨幣」とはならない。また、ホモソーシャルな関係の基盤には同性愛嫌悪《ホモフォービア》もあるという点を踏まえれば、少年時代さながらの同性愛的感情を保持するピエールは、グレンの目には自分の社会的地位を脅かすものと映り、棄却すべき存在にされたのだと言える。

イザベルの救済のためにピエールがルーシーを捨てたことで表面化した彼とグレンの関係の破綻は、メアリーの遺言に基づきグレンディニング家の家督をグレンが相続したことにより決定的なものとなる。ただし彼らの対立は、家督の相続そのものによって引き起こされるわけではない。それは、母の死の知らせを聞き、自分が継ぐはずだったものが「魂の異邦人、かつては恋敵であった異邦人、そして今や無情で嘲笑を浮かべる仇敵」である従兄弟の手に渡ったことを苦々しく思いながら、グレンが母のお気に入りであったうえに、ピエール以外ではこの従兄弟が母に最も近い血筋の人間である点、また、彼が「グレンディニングという世襲の音節」を洗礼名としている点から、家督の相続そのものにはピエールが納得していることにうかがえる（287）。彼らを敵対させることになるのは、家督を相続したグレンがルーシーに言い寄っているという話である。ルーシーに求愛するグレンにピエールが激昂するのは、自分が捨てた婚約者に対する未練からでも、自分を捨てた従兄弟が自分以外の人間に関心を示していることへの嫉妬からでもない。彼の憤りは、ルーシーがグレンの求愛を受け入れた結果として起こることへの懸念に起因するものである。現在のルーシーの目に映るグレンの姿については、「グレンはピエールの最良の部分のように見え、しかも、ピエールの恥辱は何もなく、ほとんどピエールそのもののように見えるだろう――ルーシーにとってのかつてのピエールのように」（288）と語られるが、このような推測から、グレンによる家督相続はピエールにとっては自らの主体にかかわる問題だと言える。グレンディニング家の当主としてルーシーに言い寄るグレンにピエールが激しく憤るのは、その行為が彼が占めているはずの主体としての位置を従兄弟が乗っ取ろうとしているということを意味しているからなのである。

グレンディニング家の跡取りとしてのピエールをめぐっては、ピエールという彼の名前が重要な役割を果たしている。グレンディニング家は、信仰の自由を求めて海を渡ってきたピューリタンにまで遡る「貴族的」な一族であるが、この一族の中でもピエールという名前は特別な位置を占めているとされる。「あの一族は称号と家名を代々引き継いでいるんだよ。洗礼名だってそうさ——ピエールっていうんだがね。ピエール・グレンディニングは、あのフレンチ・インディアン戦争で戦った白髪の将軍の名前なんだが、ピエール・グレンディニングはその若い曾孫の名前でもあるってわけさ」(153)というイザベルにギターを売った行商人の言葉が示すように、ピエール・グレンディニングという氏名は、その地に武勲を轟かせた将軍の血を引く直系の男子であること、言うならば、一族の正統な継承者であることを示している。ピエールの名前について石の含意があることなどがこれまで指摘されてきたが[9]、性という観点から見ると、グレンディニング家の正統な後継者であることを保証するこの名前は、その地所で構築されてきた彼の性的な曖昧さを隠し、かつ、彼に男としてのアイデンティティを保証するものだと言える。

グレンディニング家の家督を相続したグレンがルーシーに求愛していることにピエールが憤激したのは、彼に彼女に対する未練があったからではなく、その行為が従兄弟による彼の主体の乗っ取りととらえられたからだと先述したが、ピエールの名前が象徴するもの、すなわち、グレンディニング家の後継者としての正統性をめぐっては、実はルーシーが重要な役割を担っている。ルーシーは、タータン家とグレンディニング家の間で交換される「貨幣」としての役割、つまり、家という家父長的な制度を永続させるために家と家とをつなぐ役割を負わされた存在である。したがって、タータン家とグレンディニング家をつなぐ「貨幣」である彼女が運命を共にする相手は、グレンディニング家の後継者ということになる。そのように考えると、彼女はグレンディニング家の正統な後継者を指名する行為者《エージェント》でもあると言える。

「結婚仲介人」であるタータン夫人が自分の娘の相手としてはピエールに目をつけていたとされる点(27)、また、ピエールのルーシーに対する愛に早くから気づいていたとメアリーが語っている点(56)にうかがえるように、両家の母親はルーシーが嫁ぐ相手はピエールだと考えていた。このようにルーシーとの結婚を当然視されていたことによっても、ピエールにはグレンディニング家の正統な後継者としての地位が保証されていたと言える。しかし、グレンが家督に対する法的な権利に加えてルーシーまでも獲得することになれば、グレンディニング家の正統な後継者である男子としてのピエールのアイデンティティが揺らぐこととなる。ピエールにとって、グレンディニング家の正統な後継者の指名人であるルーシーを奪われることは、男としてのアイデンティティの拠り所を失うことを意味する。それゆえ、ピエールはグレンによるルーシーへの求愛に激しく動揺するのであるが、アイデンティティの危機から彼を救うのはルーシーその人である。

ルーシーは婚約破棄による衝撃を克服し「尼のようないとこ」(311)として彼のもとに身を寄せるが、このようにしてルーシーが彼の側についたことで、グレンディニング家の正統な後継者たる男子というピエールのアイデンティティが保証されたととらえられる。しかし、彼女による保証は象徴的なものであり、社会的な適法性を持つものではない。ピエールとグレンの間で繰り広げられる覇権争いにおいて、後継者の任命を象徴的に行う行為者のルーシーはピエールに軍配を上げ、法的な承認を行う社会はグレンに軍配を上げるというねじれが生じてしまっている。

グレンディニング家の正統な後継者としての地位をめぐるねじれに終止符を打つべく行われるのが、ピエールによるグレンの殺害である。ピエールによる従兄弟殺しは、グレンディニング家の後継者としての地位を守ることで男としてのアイデンティティを保とうとするものである。しかし、メアリーの遺言に基づく法的手続きにより彼は家に対する権利を喪失してしまっているため、実のところこの行為は、彼に男としてのアイデンティティを保証してくれていた家そのものを滅ぼす行為となる。自らのアイデンティティの基盤を破壊することになるにもかかわらず、なぜピエールは銃の引き金を引いたのだろうか。サドル・メドウズでの日々を振り返ってみれば、そもそもピエールは、グレンディニング家の跡取りとして男としてのアイデンティティを持つように促されながら男らしくなることは求められず、性的に曖昧な存在にされていた。いわば、家は彼の男としてのアイデンティティの支えとなると同時に、彼の性的な曖昧さとそれに伴うアイデンティティの混乱の根源にもなっていた。従兄弟に銃を向けた際、「貴様の一撃に対して、ここで二つの死をくれてやる！　貴様を殺めるのは、言葉では言い表せぬほど甘美なことだ！」（359）と彼は語っている。この発言から、自らの行為が従兄弟はもちろん家をも滅ぼすことになると彼が認識していたことは明らかである。そのような行為を「甘美」と呼び実行に移すことによって、彼はピエール・グレンディニングという主体の基盤を破壊し、何物でもなくなろうとしたのであろう。そのような彼の思いは、収監された彼を訪ねてきたルーシーとイザベルに対し、「失せろ！　――善き天使と悪しき天使の両方ともだ！　いま、ピエールはどちらでもない（neuter）のだから！」（360）と言い放つ彼の姿に現れている。

覇権的な価値観から逸脱した他者と遭遇するアメリカ人平水夫を語り手とする前期の作品とは異なり、『ピエール』では、アメリカ人青年自身が男らしさの理念から逸脱する存在となっている。メルヴィルは、『白鯨』でクィークェグが体現していたもの、すなわち、アメリカ的な男らしさの理念のオルタナティブをアメリカ人青年ピエールに引き受けさせようとしている。この異形のロマンスで彼が提示したものは、異種混淆的な主体がアメリカ社会で生き延びることの不可能性であるだろう。しかしながら、男らしさのイデオロギーに対するオルタナティブとなるアメリカ人青年を提示するとともに、非規範的なセクシュアリティを描いてもいることを踏まえれば、この作品において同時代の性規範に対する彼の抵抗は激しさを増しているのだと言える。

1　このメルヴィルの訴えもむなしく、著作権をめぐる問題とそれ以前の作品の売り上げ不振のために難航していたというベントリーとの交渉は最終的には決裂した。レオン・ハワードとハーシェル・パーカーによれば、イギリス版は、アメリカ版の出版元であるハーパー社のロンドンのエージェントであったサンプロン・ロー社から出版された。しかし、ベントリーとの交渉が決裂したことでイギリスで『白鯨』の書評が出されなくなり、それがアメリカでの受容に影響を及ぼすことになった（Howard & Parker. "Historical Note" 380）。

2　男性読者の嗜好と女性読者の嗜好が異なったものであり、『白鯨』をはじめとする自分の作品は男性向けのものであるとメルヴィルが考えていたという点については、Howard & Parker 366を参照。

3　メルヴィルの精神異常を報じたのは、「ハーマン・メルヴィル発狂する」（"Herman Melville Crazy"）と題する一八五二年九月七日付の『ニューヨーク・デイ・ブック』（*New York Day Book*）紙の記事で、精神に異常をきたしたと考えられるメルヴィルのことを彼の友人たちが案じていると伝えた。Higgins & Parker, *Herman Melville* 436を参照。

4　『ピエール』の執筆背景や評価についてはHoward & Parkerを参照。

5　家庭小説において兄弟姉妹の近親姦的関係が描かれる傾向についてはKelly, "*Pierre's* Domestic Ambiguities" 91およびGoshgarian も参照。

6　アメリカにおける「ロマンティックな友情」の是認とその後の否認についてはFaderman、竹村三三〜八八も参照。

7　ピエールがイザベルと性的関係を持ったことの暗示についてはHoward & Parker 374-75を参照。

8　男同士のホモソーシャルな関係についてはSedgwick, *Between Men* を参照。男同士の絆を強化するために交換される女の役割についてはIrigaray 170-191, Rubin も参照。

9　「ピエール」という名に石の意味があることについてはFranklin, Gray、桂田を参照。

第六章　ケアが揺るがす男らしさ

――「ベニト・セレノ」における男のケア

はじめに

『白鯨』（*Moby-Dick*, 1851）と『ピエール』（*Pierre*, 1852）では文学性の探究が試みられたが、メルヴィル自身がかねてから認識していたように、[1]こうした作品が市場で受け入れられることはなく、執筆当初に市場受けするものになると語っていた『ピエール』は特に酷評された。『ピエール』の失敗によって長編小説の刊行が困難となると、彼は『ハーパーズ・ニュー・マンスリー・マガジン』（*Harper's New Monthly Magazine*）誌と『パトナムズ・マンスリー・マガジン』（*Putnam's Monthly Magazine*）誌に短編を中心とした作品を寄稿するようになった。本章ではメルヴィルのキャリアの一段階として一八五三年から五六年までの雑誌寄稿者時代に焦点を当て、この時期に発表された作品のうち「ベニト・セレノ」（"Benito Cereno," 1855）を取り上げる。雑誌寄稿作品の中からこの中編を取り上げるのは、メルヴィルが探求してきたもの、すなわち、同時代の男らしさの通念に対する彼の抵抗が書き込まれているとともに、作家としての彼の変化もうかがえるためである。

「ベニト・セレノ」は、アメリカ人船長アマサ・デラノー（Amasa Delano）の『南北両半球の航海と旅行の記録

――太平洋と東洋の島々における調査と発見の航海を含む、世界をめぐった三度の航海』(*A Narrative of Voyages and Travels in the Northern and Southern Hemispheres: Comprising Three Voyages round the World; Together with a Voyage of Survey and Discovery in the Pacific Ocean and Oriental Islands*, 1817)の第十八章を下敷きにした作品で、一八五四年から一八五五年の冬に執筆され、『パトナムズ』誌の一八五五年十月号、十一月号、十二月号に連載された。その後、この作品は『ピアッザ物語』(*The Piazza Tales*, 1856)に収められた。書簡集の編者リン・ホースによると、メルヴィルは発行元のディックス・アンド・エドワーズ社の編集者と交渉するうち、書き下ろしの「ピアッザ」("The Piazza," 1856)を巻頭に置いたうえで『イズラエル・ポッター』(*Israel Potter*, 1855)を除く『パトナムズ』誌の掲載作品を『ピアッザ物語』として出版することにしたが(*Correspondence* 285-86)、もともとは『ベニト・セレノとその他のスケッチ』(*Benito Cereno and Other Sketches*)というタイトルで出版する構想を練っていた。[2] 執筆時期や作品集についての当初の構想を踏まえると、「ベニト・セレノ」は雑誌寄稿者としてのメルヴィルの集大成と位置づけることができるだろう。

メルヴィルの作品で描かれるのは、次のような物語である。一七九九年、チリ沖サンタ・マリア島に停泊していた海豹猟船の独身男の喜び号《バチェラーズ・ディライト》の船長アマサ・デラノーが、長らく遭難していたと思しき船に遭遇する。救援の手を差しのべようと考えた彼は、この船、すなわち、多数の奴隷を積荷としていたスペイン商船サン・ドミニック号に乗船する。このスペイン船にしばらく滞在した後に自船に戻ろうとしたところ、スペイン人船長のベニト・セレノが彼のボートに突然飛び降り、さらにセレノの黒人従僕であるバボもそれを追ってきたため、一時ボートは混乱状態となる。その後、このセレノの行為が実はバボからの決死の逃亡であったこと、さらに、スペイン船の実態、すなわち、バボを指導者とする奴隷反乱によってスペイン人の乗員乗客の大半が殺害されてセレノをはじめとする少数の白人生存者が黒人の支配下に置かれていたことが明らかとなったため、サン・ドミニック号の反乱はアメリカ船の船員たちにより鎮圧される。

刊行当時の反応は、『ピアッザ物語』の書評におけるごく短い言及に限られ、数も多くはない。「メロドラマ的だが、功を奏してはいない」(Higgins & Parker, *Herman Melville* 480)と評した一八五六年六月二七日付の『ニューヨーク・タイムズ』(*New York Times*)紙のように厳しい指摘もあるが、一八五六年六月五日付の『ニューヨーク・イブニングポスト』(*New York Evening Post*)紙と六月八日付の『ニューヨーク・ディスパッチ』(*New York Dispatch*)紙の書評では、「エンカンターダ諸島」("The Encantadas")とともにこの作品が作品集の中で最も優れたものであるという評価を受けている。「この作品を素晴らしいと考える者は本当に素晴らしいと考え、酷いと考える者は最悪だと考える」(Newman 144)と指摘されるように、その評価は両極端に分かれる。F・O・マシーセン(F. O. Matthiessen)のように「最も繊細なバランスを保っている作品の一つ」(373)と述べ高く評価する者もいれば、ニュートン・アーヴィン(Newton Arvin)のように「不当に絶賛され」ている「芸術的失敗」(238)だと酷評する者もいる。先行研究では、ロザリー・フェルテンスタイン(Rosalie Feltenstein)のように「悪」が形而上学的に探究されているとする解釈、あるいは、キャロリン・L・カーチャー(Carolyn L. Karcher)のように奴隷制という社会問題に対する反応だとする解釈を中心に、この作品は様々な観点から分析されている。[3]

この作品の解釈において、ジェンダーの視点は導入されてこなかった。しかし、それ以前の作品とは毛色の異なるところがあるものの、他者との遭遇を通して規範的な男らしさから逸脱した状況を目の当たりにするアメリカ人の姿がこの作品でも描かれている。さらに、ジェンダーに関して注目すべき点がこの作品には含まれている。それはサン・ドミニック号で行われる男同士のケアである。反乱により黒人奴隷が権力を握っていたスペイン船では、アメリカ人船長の来訪に先立ち、反乱指導者のバボが様々な偽装工作を準備していた。バボによる偽装工作の中でも最も効力を発揮したのは、彼が憔悴しきったセレノをかいがいしく世話する従僕に扮するというものである。この物語は一七九九年という設定になっているが、この時期には、西インド諸島でハイチ革命（一七九一年〜一八〇四年）が起こり、南米のスペイン植民地でも独立前夜を迎え不穏な空気が漂っていた――南米のスペイン植民地の多くは十九世紀の初めに独立した後に奴隷制を廃止していたが、セレノの出身地とされるチリは一八一八年に独立を果たし、それから五年後の一八二三年に奴隷制を廃止している。[4] この時期において奴隷制は、スペイン人にとっては危険の火種ととらえられるものであっても、多くのアメリカ人にとっては許容しうるものであったと推測される。また、船長に公然と張りついていられる従僕という立場は、船長の言動の監視と制御をするのに好都合なものであった。事実、メルヴィルが種本としたデラノーの『記録』でも、スペイン人船長の口封じのために反乱首謀者が従僕の立場を利用していたことが記されている。[5] 従僕としてのバボの振る舞いに関しては、彼の悪意、あるいは、奴隷制に対する彼の反抗を反映するものとして、彼がセレノに行ったひげ剃りの場面に注意が向けられることはこれまでもあった。ところが、男だけからなる洋上の船が舞台となっているためか、また、奴隷制が敷かれていた時代には奴隷である黒人の男が白人紳士に仕えるのが当然のことと受け止められていたためか、男による男のケアに潜むジェンダーの問題には目が向けられてこなかった。

アメリカ北部の成人男性にとって、受ける側になるにせよ行う側になるにせよ、ケア、とりわけ、介護や看護は問題含みの行為であったと考えられる。自立を男らしさの要件とするアメリカ人男性にとって、ケアを受けることは他者に依存した状態になること、言うならば、男らしさにもとる行為となる。他方、病人の身の回りの世話などのケア労働が古くから女の役割とされてきたことを踏まえれば、男が世話や介護を行うことは、女の領分に入り込む行為、あるいは、男らしさから逸脱する行為となる。つまり、ケアに関与することによって男は自らの男としての主体を危うくしかねないのである。

メルヴィルは、近代アメリカ社会に浸透する自助自立を旨とした男らしさの規範に抵抗し続けてきた作家である。

抵抗の一環として、第一長編『タイピー』（*Typee*, 1846）では原住民のコリコリによる主人公トンモの介護《ケア》、遺作となる『水夫ビリー・バッド』（*Billy Budd, Sailor*, 1924）では人権号の男たちによるビリーの世話《ケア》という形で、彼は男によるケアを作品に書き込んでもいる。ケアに対する社会の通念、さらに、ジェンダーの点でのメルヴィル文学の特徴を踏まえると、「ベニト・セレノ」で提示される男による男のケアは注目に値する。本章ではバボがセレノに対して行うケアに焦点を当て、まずケアという行為が当事者であるセレノとバボの男らしさにどのような影響を及ぼしているかを示す。さらに、スペイン船の上で行われるケアをアメリカ人のデラノーがどのようにとらえているのか、また、真相が明らかになった後で彼が一連の出来事をどのようにとらえ直しているかを見ることで、スペイン船での男のケアがデラノーの男らしさにどのような影をさしているのかを検討する。

一．ケアを受ける男

物語の舞台となるスペイン船はデラノーの目に「漆喰を塗られた修道院」（48）のように映ったとまず紹介されるが、乗客、特産品や金物類などに多数の黒人奴隷を積荷として乗せた商船であることが後に明らかにされる。そのスペイン船サン・ドミニック号の船長であるベニト・セレノの姿は、「訪問者の目には、紳士風で控え目、まだかなり若く見える男で、奇妙に立派な服装をしていたが、心労と不安でこのところ眠れなかった様子が歴然としていた」（51）と描写される。セレノの社会的地位、年齢、健康状態を示すこの描写から、彼が他者からの世話を当然のように受け入れ、また、それを必要とする人物であることが示唆されている。

まず彼の社会的地位に関しては、チリの出身・在住であるという話とセレノという姓をもとに、カリブ海沿岸地方の「最も冒険的かつ広範囲にわたって活躍する商家の一つ」で「一門の中には爵位を持つ者も何人かいる」名門の流れをくむ者であるとの推測がなされている（64）。下級貴族の血を引く紳士とされる点も踏まえると、彼は従僕を側に置き自分の身の回りの世話をさせること、つまり、他人から世話をされることが常態となっている身分の人間だと考えられる。

「かなり若い」とされる彼の年齢は、反乱の鎮圧が描かれた後に付された宣誓供述書に二十九歳と記されている（114）。船長としてのセレノの経歴は、彼自身によっても宣誓供述書によっても明らかにされていないが、彼の若さは船長としての経験の浅さを示すものだと言える。セレノの経験の浅さはデラノーの観察を通して提示されるが、例えば、スペイン船がホーン岬の沖合で嵐に襲われた後に凪にはまって漂流していたと聞いた際、漂流の原因には人為的なもの、すなわち、航海技術の稚拙さもあると彼は見ている。さらに、彼はスペイン人船長の「小さな黄色い手」（58）を見ると、この男が甲板で陣頭指揮に立っていたわけではないのだと推測している。若く未熟なセレノは、航海の実務についても航海士らに依存し他人の世話になっていた可能性がきわめて高い。

さらに、彼の健康状態によってもセレノが他者によるケアを必要としていることが明示されている。彼の心身の不調は、デラノーがサン・ドミニック号に乗船した際に受けた印象として、「スペイン人船長の肉体的・精神的な衰弱ぶりは、体質的なものにしろ、苦難によって誘発されたものにしろ、あまりにも歴然としていて見落とすことなどできなかった」、「憂鬱症の修道院長のよう」、「今や神経を病んでいてほとんど骸骨のようにやつれていた」、「肺疾患の傾向が最近になって確認されたようであった」などと語られる（52）。彼が実際に要介護状態にあったことは、反乱の鎮圧後にリマのとある宗教団体で介護を受け、修道僧インフェレスに付き添われて法廷に出廷したという事実によっても裏付けられる。

セレノは社会的地位、年齢、健康状態からケアを必要としていたわけだが、ケアの受け手となることが彼の男らしさにどのような影響を及ぼしているのだろうか。バボによるケアの受け手となることでセレノが受けた影響を考察するにあたっては、まず「ベニト・セレノ」の基底にある男らしさの概念がどのようなものかを検討する必要があるだろう。ウィリアム・B・ディリンガム（William B. Dillingham）は、報告者、宣誓供述書、作者、デラノーの四つの視点がこの作品に見られると指摘している（*Melville's Short Fiction*, 243-47）。このディリンガムの分類に従うと、サン・ドミニック号でバボからのケアを受けるセレノの姿は、客観的な報告とデラノーの視点を介した語りによって示されたものということになる。つまり、スペイン船で行われる男のケアをめぐる語りには、アメリカ人であるデラノーのバイアスがかかったものだと考えられる。それゆえ、サン・ドミニック号でのケアを通して浮上する男らしさをめぐる問題は、アメリカ北部で浸透していたジェンダー観から検討するのが妥当であるだろう。そこでデラノーの視点に立てば、男らしさとは自立と結びつきが深い概念だと言える。アメリカ社会において男らしさが自立と結びつけられてきたことは、「独立戦争以来、男らしさと自立は密接に結びつけられてきた」というアンソニー・ロタンド（Anthony Rotundo）の指摘（238）、あるいは、「男（man）であるということは、少年（boy）ではないということも意味した。男は自立していて、自制がきき、責任感があるが、少年は依存していて、無責任で自制がきかない」というマイケル・S・キンメル（Michael S. Kimmel）の指摘（14）から明らかである。このような男らしさの通念を踏まえると、成人した男が他人の世話になり続けることは、その人が他人に依存していて責任能力を欠いた状態にあるということを意味する。したがって、成人男性に対する恒常的なケアは、受け手となる男の男らしさを損なうものになると言える。

デラノーの観点に従えば、航海の実務においてまで他人に依存せざるをえないセレノは男らしさを欠いているということになる。あらゆる場面で他人の世話を必要とするセレノに男らしさが欠けていることは、彼の身なりに象徴的に現れている。デラノーの第一印象として、スペイン人船長は「奇妙に立派な服装をしていた」（51）と語られていた。それは具体的には、黒いビロード地のジャケット、膝と足の甲に銀の尾錠をつけた白の半ズボンと靴下、細い草で編んだ山高のソンブレロ、銀をちりばめた細身の剣を吊した飾帯というものである。このような服装は、当時の南米紳士の流行に沿ったものととらえられているが、船の荒廃ぶりとは著しい対照をなしている。宣誓供述書で明らかにされるように、彼の端正な衣服は船長としての権威を装うために身につけるようバボから強制されたものであった。彼の装いに実体が伴っていないことは、剣の「亡霊」(116)、すなわち、権威の象徴のように差していたものの実際には中身が入っていなかった剣の鞘によって具現化されている。ディリンガムは、「ベニト・セレノ」では、「書記バートルビー」("Bartleby, the Scrivener") などの他の作品と同じく、去勢あるいは去勢の恐怖が重要な要素になっていると論じ、セレノの「衣服 (dress)」(116) について述べた宣誓供述書の一節が、「彼のアイデンティティの基本となる面、すなわち、彼の男らしさが破壊されてしまっていることを示している」(*Melville's Short Fiction* 256) と指摘している。南米紳士としてのセレノの装いは彼の男らしさを空虚にしていくものであるため、彼は身なりを整えられてもそれに喜びを示すことはない。それというのも、彼の紳士としての実体は南米紳士としての身なりが整えられるほどに損なわれていくということが彼には痛いほど分かっているためである。

セレノはバボによるケアを通して、要看護状態にある病人としてであれ、狡猾な反乱首謀者に恫喝される船長としてであれ、自らの従属的地位を痛感させられている。バボからのかいがいしい世話を通して、真相を漏らさないように監視と脅迫を受けるばかりでなく、自分が他者に従属し依存しなければならない、つまり、男らしくない存在であるということを彼は思い知らされているのだと言える。セレノがバボから受ける世話は、奴隷制を容認する貴族的な人間とすれば当然であるかのように映るが、実のところ、彼の男としての主体に暗い影を投げかけるものとなっているのである。

二　ケアを行う男

　前節で示したように、サン・ドミニック号の船長セレノは、黒人奴隷の反乱により実権を奪われていたにもかかわらず、絶対的な権威を持っているように装わされていた。また、反乱者への従属と依存が強められていたため、彼の男らしさはケアを通して損なわれていた。彼の見せかけの男らしさは、献身的な黒人従僕に扮したバボの存在によって高められていた。従僕を見事に演じてみせたバボとはどのような人物なのだろうか。

　デラノーがサン・ドミニック号に乗り込んだ際の印象として、バボは「小柄な黒人」で、「粗野な顔」には「悲しみと愛情が等分に混じっていた」と語られる（51）。その身なりは、「従僕は、生地の目の粗さと継接だらけなところからして上檣帆の古布を使ったと思われるだぶだぶのズボンを穿いているだけだった。このズボンはこざっぱりとしたもので、縒りを解いたロープの端で腰のあたりを留めていた。その姿は時折見せる落ち着いた嘆願的な物腰とあいまって、布施を乞う聖フランシスコ修道会の托鉢僧かなにかのように見えた」（57）と語られるように、派手に着飾った主人のセレノとは対照的なものである。主人とは対照的な慎ましい身なりをしたこの黒人は、松葉杖よろしく主人の支えになり、主人が発作に苦しめばその介抱をし、身支度などの身の回りの世話をデラノーの目の前でかいがいしくやってみせる。

　しかし実際には、「差し出がましい従僕」（110）という姿は偽りのもので、宣誓供述書に「終始一貫した陰謀家」あるいは「反乱の舵であり竜骨」（112）であったと記録されるように、この黒人は、反乱からデラノーに対する偽装工作に至るすべての陰謀を練り上げ、それを指揮した人物である。セレノが決死の覚悟でデラノーのボートに飛び降りたことをきっかけにして真相が明らかになるまで、忠実な下僕に扮するこの黒人が疑われることはなかった

――アメリカ人船長が自分に対して陰謀が企てられているのではないかと感じた際にも、疑いの目が向けられるのは黒人ではなく、セレノを筆頭とするスペイン人である。なぜバボには疑惑の目が向けられなかったのだろうか。

バボが従僕として受け入れられ疑念を抱かれることがなかったのには、人種とケア労働の関連についてのアメリカ人船長の認識が影響している。その認識は、主人のひげ剃りの支度をするバボの様子を眺めていた際に明らかにされるもので、「黒人には身体にかかわる仕事に適したところがある。大半の黒人は天性の従僕であり、理容師なのだ」（83）と語られる。さらに、デラノーはもともと「他の人たちがニューファンドランド犬に対して抱くのとちょうど同じように」（84）黒人に好感を抱いており、バボの仕事ぶりを眺めるうちにその好感を蘇らせたとも語られている。語り手によるこのような指摘から、デラノーは黒人が白人よりも劣等な存在で白人に仕えるのがふさわしいと考える人種差別主義的な人物だと言える。

バボが「天性の従僕」たる黒人として振る舞っていることは、サン・ドミニック号にデラノーが乗船した際の彼の様子に現れている。先述したように、アメリカ人船長がスペイン商船に乗り込んできた際に主人を見上げていた彼の表情には、「悲しみと愛情が等分に混じっていた」（51）とされている。ここでバボがセレノに示した「愛情」はケア労働者たる従僕としての彼の資質をうかがわせるものととらえられているわけだが、他の黒人の観察でも同様に、デラノーは「愛情」をケアとの関連でとらえている。その観察とは、「赤裸々の自然」と表現される「純粋な優しさと愛情」（73）があふれる光景、すなわち、雌鹿のように横たわっていた黒人女が子どもに起こされて愛情深くキスの雨を降らせるという光景を目にしたことをきっかけにして行ったものである。彼はこの観察において、黒人女を「牝豹のように世間ずれしておらず、鳩のように愛情深い」（73）と考え、彼女たちが子どもに愛情を注ぐさまを「自然」と結びつけている。経済活動が行われる公的領域を男に、家庭という私的領域を女に振り分ける分離領域の考え方に馴染むアメリカ人にとって、私的領域で行われるケアは女の仕事であり、そこで示されるきめ細やかな「愛情」などの感情は女性的な資質であった。デラノーが内面化しているアメリカ社会のジェンダー規範を踏まえれば、看護《ケア》の対象たる主人に「愛情」を示すバボの姿は、養護《ケア》の対象たる子どもに愛情を注ぐ女たちと重ね合わされていると言える。荒このみも指摘するように（六六）、デラノーによる「自然」としての黒人女の賛美は、バボに向けられた賛美と同列に論じることができるものなのである。

さらに、従僕としての従属性を利用したバボの偽装工作を巧妙なものにしていくのは、ケア労働、特に看護のジェンダー化されたイメージである。アン・ハドソン・ジョーンズやレスリー・A・フィードラーによると、「看護する（nurse）」という語は授乳を語源としている（ジョーンズ一：フィードラー、「フィクションと大衆文化に見る看護婦のイメージ」一〇三）。メタファーによって病人の世話を指すようになった看護という行為は、「女性の家庭的、家事的な義務」（ジョーンズ一）を起源とする労働、つまり、女らしさと強く結びつけられた労働なのである。バボは、このようなジェンダー化されたケア労働のイメージを踏まえて憔悴しきったセレノの看護や身の回りの世話をかいがいしく行ってみせることにより、女性的な存在として、つまり、感性や感情は豊かであるものの理性や知性では男に劣る存在として自らを印象づけようとしている。献身的な従僕としての演技を通して、彼は白人の人種的偏見と画一的なジェンダー観を取り込み、大がかりな陰謀を企てることのできる理知的な男という本性を隠しているのである。

アメリカ人船長の前でバボがやってみせたケアには、どのような意味付けがなされていたのだろうか。彼が行ったケアには二つの目的がある。一つはスペイン人船長を監視してその言動を制御すること、もう一つは彼の実体を隠蔽することである。まずセレノの言動の制御という点は、例えば、アメリカ船の人員や装備の状況を彼に尋ねさせた場面（65-66）に現れている。次に実体の隠蔽という点では、愛情豊かな従僕を装い女性的な存在へと自らを近づけることによって、人種の点においてもジェンダーの点においても、知性では白人の男よりも劣っているかのように演出し、サン・ドミニック号上の不審な動きに対するデラノーの疑念をセレノをはじめとしたスペイン人に振り向けることに成功している。彼は、祖国では王であったとされるアトゥーファルに強情な反抗者を演じさせて昔も今も奴隷であったという自分と対照をなしもするが(62)、そうすることによっても指導者としての自らの実体を巧みに隠蔽しているのである。

ケア労働者を見事に演じてはいるが、バボの実体は反乱を指揮してきた陰謀家、マーヴィン・フィッシャー(Marvin Fisher)が言うところでは「機略縦横な第三世界の指導者」(447)である。宣誓供述書に続けて事件の顛末が示される際に「黒人はというと――その体ではなく、その頭脳が陰謀によって反乱を計画し指揮したのであるが――それが支えていたものには不似合いな華奢な体は、ボートの中で捕獲者の腕力にたちまち屈した」(116)と語られることから明らかなように、彼は貧相な体とは不釣り合いな頭脳によって反乱を練り上げ、白人への脅迫と交渉も担ったとされる。リーア・ベルターニ・ヴォザール・ニューマン(Lea Bertani Vozar Newman)らが指摘しているように、事件が起こった年は一八〇五年から一七九九年へ、トライアル号というスペイン船の名前はサン・ドミニック号――カリブ海のフランス植民地であったサン=ドマングを連想させるもの――へ変更されている。このことから明らかなように、この作品ではハイチ革命を想起させる設定がなされている[6]。この作品の後景にあるハイチ革命を踏まえれば、サン・ドミニック号の反乱を主導したバボは、ハイチ革命の指導者トゥサン・ルヴェルチュールを彷彿とさせる優れた知性を持つ男とみなすことも可能であろう。理性や知性を男のもの、感性や感情を女のものとした近代社会のジェンダー規範に照らせば、陰謀を一手に担えるだけの頭脳を持つバボは、男性的特性を備えた人物ということになる。彼にとって、自らを従属的かつ女性的な位置に固定するケア労働は、自らの男らしさを隠蔽するのに適したものであった。白人の間で浸透していた人種とジェンダーのイメージを巧妙に利用したバボによるセレノのケアは、彼の卓越した知性、すなわち、彼の男性的特性を裏書きするものであるとともに、男らしさについて白人が抱いていた通念を撹乱するものともなっている。

三.　ケアを眺める男

アメリカ人船長デラノーは、最終的にはスペイン人船長と黒人従僕の真の関係に気づくことにはなるものの、完全に黒人に欺かれていた。白人の人種的偏見とジェンダー観を利用したバボの奸計にはまっていたことを踏まえたうえでその言動を追っていくと、傍観者であるはずのデラノーの男らしさもまた、サン・ドミニック号での男のケアを通して揺さぶられていると言える。

バボによるセレノのケアがデラノーの男らしさにさした影について議論をする前にまず、このアメリカ人がどのような人物として描かれているかを確認しておきたい。「奇妙なまでに人を疑うことを知らぬ善意の固まり」(47)、「善良な船長」(47)、「善良な船乗り」(63)、「デラノー船長の善良さ」(65) と語られるように、デラノーの人物描写では人の良さが強調されている。その一方で、「大雑把な物の考え方をするアメリカ人」(57)、「生まれながらにして諷刺や皮肉を言えない単純素朴な男」(63) とも形容され、彼が物事の表層しか理解のできない人物であるということも示されている。それを裏付けるかのように、縄の結び目を投げて「ほどけ、断ち切れ、すぐに」(76) と言ってきた老水夫をはじめとするスペイン船の白人たちの意味深長な言動が含むところを彼には理解ができないし、それを理解しようともしない。「知覚が鈍い」(Bickly 102) という指摘や「デラノーの視野は徹底して近視眼的である」(Dillingham, *Melville's Short Fiction* 249) という指摘が示すように、実のところ、彼は浅薄で鈍感な人物である。

さらに、祖国でも抱いていたとされる黒人に対する好感が犬に対するものと同程度であったとされる点 (84)、肌の色が良くなっても人間としての性質は劣化するという人種混交に関する発言 (89)、さらに、バボをダブロン金貨五十枚で譲ってもらいたいというセレノへの申し出（70）から明らかなように、彼は人種的偏見を内面化し奴隷制を容認する人物でもある。

人は良いが浅薄で人種的偏見も持つデラノーは、バボとセレノの関係をどのようにとらえていたのだろうか。「単純素朴」な彼は、バボが見せるかいがいしさを額面どおりに受け取り、「ベニト殿、これほどの友人に恵まれたあなたが羨ましいですよ。私には彼を奴隷とは呼べません」（57）と述べたように、これを高く評価し続ける。ただし、彼がバボに対する賞賛を取り下げる場面がないわけではない。例えば、アメリカ船の人員や装備についての質問の前後にセレノとバボが客人である自分を放って密談を始めた際には、不穏な言動の咎を黒人に帰すべきだと感じていたと語られる。しかし彼は、「もしも従僕が非難を蒙るということになれば、それは彼自身の落ち度というよりは主人の落ち度であるかもしれない。一人になると彼はこんなにも立派に振る舞うことができるのだから」（70）と考え、結局は疑念をセレノに帰してしまう。[7] また、バボによる偽装工作の一端であると同時にセレノへの恫喝でもあるひげ剃りの場面では、デラノーは黒人従僕を「処刑人」、スペイン人船長を「断頭台にいる男」ととらえてもいる（85）。ディリンガムも指摘しているように（*Melville's Short Fiction* 260）、デラノーはこの場面において主人と奴隷の真の関係を図らずもとらえていたのであるが、彼はそれを「奇想」（85）として追いやってしまう。彼はまた、バボの偽装が暴かれた後にサン・ドミニック号での体験について熟考しようとすることもない。「しかし過去は過去なのです。なぜ過去について道徳的な考察をするのですか。お忘れなさい。ほら、向こうの明るい太陽は過去をすべて忘れています。あの青い海や青い空もそうです。みな新しいページをめくっているのですよ」（116）というセレノにかけた言葉に現れているように、「記憶」としてセレノに取り憑いているもの、すなわち、目に見えるものの奥深くに潜んでいる闇を目の当たりにしたにもかかわらず、それについて彼が「道徳的な考察をする」ことはないのである。

なぜデラノーは物事の奥深くにあるものを見通し、それについて思いをめぐらせることができないのだろうか。この問いの答えは、彼が指揮する船の名前に用いられた「独身男（bachelor）」という語から導き出せるだろう。デラノーが実際に指揮した船は忍耐号（the Perseverence）といったが、メルヴィルはこれを独身男の喜び号（the Bachelor's Delight）に変更した。「ベニト・セレノ」のデラノーが船長を務める船は、『白鯨』においてピークォッド号が遭遇する対照的な二つの捕鯨船、すなわち、「この上なく驚異的な成功」（493）によって得た鯨油を満載して飲めや歌えの大騒ぎをしながら帰航の途につく独身男号（the Bachelor）と、ピークォッド号が最後に出会う船で、モービィ・ディックとの戦いで命を奪われた五人の乗組員のうちの一人の水葬をしようとしていた喜び号（the Delight）を想起させるものである。フェルテンスタインも指摘しているように（127-28）、喜び号を完膚無きまでに打ちのめして船名とは正反対の状況に陥れた白鯨の存在を信じようとしない軽佻浮薄な独身男号の様子は、黒人による陰謀を目の当たりにしても変化しないデラノーの姿を予見させるものである。[8] ニューマンが指摘するように（118-19）、「書記バートルビー」の語り手や「独身男の楽園と乙女たちの地獄」（"The Paradise of Bachelors and the Tartarus of Maids," 1854）の男たちのように、他の作品に登場する独身男もまた、物事の奥深くにあるものを見通すことのできない、あるいは、それを見通そうとしない人物となっている。フィッシャーによれば、これらの独身男は「快楽と放縦を追求する、無力で女々しい人物のカリカチュア」（441）であり、社会的な身分がどうであれ、真っ当な男としては描かれていないのである。

　メルヴィルの小説に登場する独身男の描写は、植民地時代から伝統的にある男らしさの要件、あるいは、植民地時代に独身男に付与されていたイメージが反映しているように思われる。アンソニー・ロタンドやアン・S・ロンバード（Ann S. Lombard）によれば、ニューイングランド地方では、十八世紀には家長および父親としての責任を負うこと、すなわち、経済的に自立して結婚し妻子を養えることが男らしさと結びつけられていた。政治経済に変化が生じると、事業での成功、あるいは、社会的な地位の上昇のほうが男らしさと結びつけられるようになるが、家長としての責任と男らしさの結びつきが消えたわけではない。植民地時代の男らしさの概念に従えば、独身男——植民地時代および革命期における独身男の社会的な地位について論じたジョン・ギルバート・マカーディ（John Gilbert McCurdy）が定義するところでは（3）、肉体のうえでも法律のうえでも結婚ができるのに結婚していない成人の男——は、社会的に是認される存在ではなかった。独身男とは、男としての責務を果たさない未熟な存在だったのである。

植民地時代において独身男が男らしさに欠ける未熟な存在ととらえられてきたこと、理性や思考力が男らしさと結びつけてきたことも踏まえると、サン・ドミニック号で行われていたケアの本質を見抜くことができなかったうえにそれについて再考しようともしなかったデラノーは、社会的な地位はどうであれ、男としては未熟な存在ということになるだろう。本人は決してそのことに気付くことはないのであるが、サン・ドミニック号での男のケアは、アメリカ人デラノーの男らしさを切り崩すものとなっている。この作品では男のケアを通して生じたそれぞれの登場人物の男らしさの歪みが描かれていると言えるが、それを顕著に表しているのは、ケアの当事者であるセレノやバボよりもむしろ、たまたまその場に居合わせることになったアメリカ人のデラノーなのである。

『ピエール』までの作品では、他者との遭遇によって男らしさについての理念が揺さぶられるアメリカ人の姿が連綿と書き込まれてきた。長編の登場人物とは違って年若い青年ではないものの、デラノーもそのようなアメリカ人の一人である。ただし彼は、他者との遭遇を通して自らの価値観がかき乱されたと感じることも、もとの価値観に対するオルタナティブを模索しようとすることもない。浅薄で鈍感なアメリカ人のデラノーは、逸脱的なものに気付かず、また、そのような存在を認めようともしない同時代のアメリカ社会のカリカチュアとなっていると言える。平石貴樹は、メルヴィルによる奴隷制批判を見る批評の動向を踏まえ、メルヴィルの作品には「作者が読者を批判する」(149)という特徴があり、「ベニト・セレノ」はそれを鮮やかに示す例になっていると述べている。作者メルヴィルによる読者の批判は、人種や奴隷制をめぐる問題に関してのみなされているわけではない。メルヴィルは、デラノーを通して、自分たちが信奉する性規範から逸脱するものを認めようとしないミドルクラスの社会、そして、そのような社会に安住する読者を批判している。彼は、作品の舞台を同時代から過去に、他者と遭遇するアメリカ人も若者から経験を積んだ大人へと変更を加えているが、そうすることによって同時代の社会を諷刺し、覇権的なイデオロギーに対する抵抗を先鋭化させているのである。

1　自分が書きたいと思う作品、つまり、文学性を追求した作品は受け入れられないという認識は、一八四九年十月六日付のレミュエル・ショー宛ての書簡や一八五一年六月十一日付とされるナサニエル・ホーソーン宛ての書簡にうかがえる。

2　「ベニト・セレノ」および『ピアッザ物語』の執筆と刊行についてはSealts, Burkholder 1, Newman 95-97も参照。

3　「ベニト・セレノ」研究の傾向についてはBurkholder 1-16, Emery 303, Newman 130-45を参照。

4　チリなどの南米のスペイン植民地の状況についてはTsuji 132を参照。

5　メルヴィルの作品とは異なり、『記録』では、バボとともに反乱指導者を務めた彼の息子のムーリ(Muri あるいは Mure と記される)がスペイン人船長に仕えていたとされる。デラノーの『記録』からメルヴィルが利用した点や変更した点についてはNewman 98-100を参照。

6　「ベニト・セレノ」とハイチ革命との結びつきについてはFeltenstein 126, Newman 103-04, Tsuji 126を参照。

7　サン・ドミニック号での不穏な動きに対する疑念がセレノらスペイン人に帰せられたのは、劣等な人種である黒人に謀りごとができるはずがないという黒人に対する偏見ばかりでなく、スペイン人に対する偏見も影響していると考えられる。スペイン人、あるいは、南米のスペイン系白人に関して、スペイン人が南米の海域で残虐な殺害行為を行っていたことを船員時代にメルヴィルが知った可能性があるとパーカーは指摘している。(Parker, *Herman Melville: A Biography Vol. 2* 238)。アメリカ人のスペイン人嫌悪が作品に及ぼした影響についてはTsujiも参照。

8　デラノーの浅薄さが独身男という立場と結びつけられることについてはBickly 102、Newman 118-19も参照。

第七章　「平和の使者」と彼を取り巻く男たち
――『水夫ビリー・バッド』における男らしさの混乱

はじめに

『水夫ビリー・バッド（秘話）』（*Billy Budd, Sailor* [*An Inside Narrative*], 1924：以下『ビリー・バッド』）は、検査官として十九年間勤めたニューヨーク税関を退職した翌年の一八八六年から一八九一年に亡くなるまで執筆が続けられていた作品である。この作品では、英国海軍内部で反乱に対する不安と警戒が強まっていた一七九七年の夏に英国の軍艦ベリポテント号で起こった事件が描かれる。この作品で示されるのは次のような物語である。水夫ビリー・バッドは、人権号という名の商船で他の乗組員たちに目をかけられながら平和に暮らしていたが、ベリポテント号に強制徴用されることとなる。ベリポテント号でも彼は人気者となるが、先任衛兵伍長のジョン・クラガートだけは彼のことを快く思わず、手下を使って密かに彼を陥れようとする。その後クラガートは、ビリーが反乱を首謀しているという虚偽の告発をエドワード・フェアファックス・ヴィア艦長に行う。この件を隠密に処理しようとヴィアは艦長室で二人の審問を行うことにするが、身に覚えのない告発に気が動転したビリーは、言語障害が出て弁明もままならず、艦長の面前でクラガートを撲殺してしまう。艦長はすぐさま臨時軍法会議を召集し、ためらう部下を説得してビリーの処刑を決めさせ、その判決に基づいてビリーは翌朝処刑される。

『ビリー・バッド』は、一八九一年にメルヴィルが死去した際に未完の草稿として発見されたものであるが、決定版のテクストの出版までに紆余曲折を経ることとなった。この作品は、原稿発見から約三十年を経た一九二四年に、レイモンド・ウィーヴァー（Raymond Weaver）が編集を行った『メルヴィル著作集』（*The Works of Herman Melville*）の第十三巻に収録されたのがきっかけとなって日の目を見た。ただしこの版は、『ハーマン・メルヴィル短編集』（*Shorter Novels of Herman Melville*, 1928）に収められた修正版も含め、編者ウィーヴァーの独断に基づいて編まれた不正確なテクスト、ハーシェル・パーカー（Hershel Parker）の言葉を借りれば、「（編集者の愚行によって台なしにされた）不完全なテクスト」（*Reading Billy Budd* 5）であった。その後、F・B・フリーマン（F. B. Freeman）による『メルヴィルのビリー・バッド』（*Melville's Billy Budd*）が一九四八年に刊行された。フリーマンは「正確《リテラル》なテクスト」を標榜し、編集にあたっては原稿の精査を行っていたが、一九二八年のウィーヴァー版に依拠したため、そのテクストは正確さを欠くものとなってしまった。『ビリー・バッド』の決定版は、ハリソン・ヘイフォード（Harrison Hayford）とマートン・M・シールツ・ジュニア（Merton M. Sealts, Jr.）の編集によるテクストが一九六二年に出版されるまで待たなければならなかったのである。[1]

決定版の編者であるヘイフォードとシールツが『白鯨』（*Moby-Dick*, 1851）に次ぐ作品と位置づけ（34）、また、ロバート・マイルダー（Robert Milder）が二番目によく読まれている作品と述べている（1）ように、『ビリー・バッド』はメルヴィルの作品の中でも高く評価されてきた。一九二四年のウィーヴァー版の出版以降、この作品は「メルヴィルによる精神的あるいは知的な遺言」（Parker, *Reading Billy Budd* 5）であるとみなされてきたが、「遺言」の内容に関する研究者の見解は分かれ、主に二つの主張がなされてきた。一つは、この作品を神に対するメルヴィルの「受容のしるし」――この流派の開祖とされるE・L・グラント・ワトソン（E. L. Grant Watson）が論文のタイトルに用いたものである――や「永遠に行われる肯定」(Weaver 38) ととらえるものである。もう一つは、ジョゼフ・シフマン (Joseph Schiffman) に始まるアイロニー派、つまり、この作品を社会の抑圧的構造に対するメルヴィルの抵抗のしるしととらえるものである。それ以外にもこの作品は様々な観点から論じられてきた。[2] セクシュアリティに関しては、一九八〇年代後半からクィア理論が興隆したことに伴い、『ビリー・バッド』批評にもこの理論が導入されるようになった。イヴ・コゾフスキー・セジウィック (Eve Kosofsky Sedgwick) は、『クローゼットの認識論』(*Epistemology of the Closet*, 1990) において「この本に登場するすべての人物の衝動は、欲望と呼べるものであるが、男から男だけに向けられている以上、ホモセクシュアルな欲望と言える」と論じ、『ビリー・バッド』を「アメリカ文化についてのゲイの、ゲイ肯定的な、ゲイに関係する読みにとって、あるいは、ゲイ批評家による読みにとって最も重要な作品」ととらえている (92)。さらに近年では、デイヴィッド・グレヴェン (David Greven) が『欲望を越える男たち』(*Men beyond Desire*, 2005) において、ビリーを「犯されない男」(1)、すなわち、男女を問わず他者を魅惑するが誰のものにもならない男ととらえ、この作品がホモソーシャルな関係性とアンテベラム期の性の政治に対する批判の書になっていると論じている。[3]

洋上を舞台とした他のメルヴィル作品と同様に、『ビリー・バッド』で描かれているのは男だけの世界である。舞台となる時代や国に違いはあるものの、この作品もまた、ジェンダーやセクシュアリティの規範から逸脱する男同士の関係性を提示しているように見える。この作品において男の世界に歪みを生じさせているのは、水夫ビリー・バッドに対する男たちの関心、セジウィックが言うところの「ホモセクシュアルな欲望」であるだろう。彼らの欲望は、人権号においてビリーを核にして築かれた擬似家族関係の中で示される家庭的な愛情という形で、ベリポテント号においてはクラガートの偏執的な関心という形で、あるいは、ヴィアの父親のような配慮という形で現れている。

本章では、これまで専らセクシュアリティの面から論じられてきた『ビリー・バッド』の男同士の関係をジェンダーの観点から考察していく。[4] 具体的には、人権号の男たちがビリーに行う世話、クラガートが憎悪という形で表明するビリーへの関心、ヴィアが表に出すことも抑圧しようとすることもあるビリーに対する配慮をそれぞれ検証する。そのうえで、ビリーがどのような存在であるのか、また、ビリーに対する男たちの関心が彼らの男らしさにどのような影響を及ぼしているのかを示す。さらに、『信用詐欺師』(*The Confidence-Man*, 1857) から約三十年の空白を経て散文に戻ってきたメルヴィルが、セクシュアリティをめぐる言説も変化していた十九世紀末において、同時代のミドルクラス社会の性規範に対してどのような態度を取っているのかという点についても考察していく。

一．海の上の「幸福」な家族

『ビリー・バッド』で描かれているものには美形の青年水夫ビリー・バッドを軸に構築されるいびつな男同士の関係があるが、そのうちの一つとしてあげられるのは、彼が当初乗り組んでいた人権号で築き上げられたものである。人権号のグラヴェリング船長は、ビリーだけを強制徴募しようとするベリポテント号のラトクリフ大尉に対し、この水夫と他の乗組員との関係について次のように語る。

あの若者を乗せる前は、船首楼は喧嘩の巣窟でした。この人権号は暗黒の時代だったというわけです。不安で、パイプも慰めにはならなかったほどです。ところが、ビリーがやってきました。それは、アイルランドの騒ぎを鎮めるカトリックの司祭のようでした。あの子が奴らに説教をしたとか、特別に何かを言ったりやったりしたということではありません。ただ、美徳があの子から出て、ひねくれ者どもの気持ちをほぐしてやったのです。スズメバチが糖蜜に引き寄せられるように、奴らもあの子に引き寄せられたというわけです。…ところが、奴らはみなあの子を愛しています。洗濯をしてやる者もいれば、ズボンを繕ってやる者もいます。大工は折にふれてあの子のためにかわいらしい小さなたんすを作ってやっています。ビリー・バッドのためなら、誰もがどんなことでもしてやるでしょう。ここには幸福な家族があるのです。（46–47）

ここでグラヴェリング船長は、ビリーの乗船によってもたらされた乗組員の変化を示し、この若者が船にとってかけがえのない存在であることを切々と訴えている。彼はさらに訴えを続けたすえ、「ああ、大尉殿、あなたは奴らの宝を連れて行ってしまうのですね。私の平和の使者《ピースメーカー》を！」（47）と嘆いている。「あなたは奴らの宝を連れて行ってしまうのですね」という言葉は、実は船長が開口一番に発するものでもある。人権号の「宝（jewel）」とされるビリーとはどのような人物なのだろうか。

ビリーにはどんな荒くれ者も柔和にしてしまう「美徳」があるとされるが、その「美徳」とは、人権号に乗り込んできたラトクリフ大尉の心を一瞬で捕らえたもの、つまり、ビリーの眉目秀麗さとして具現化している。彼の見目麗しさは男性的特徴と女性的特徴とが融合したものになっており、体は大人の男として十分な発育を果たしているのに「ほとんど女性的でまだ鬚も生えていない顔」（50）をしている点、また、善良さをたたえた表情がヘラクレスにたとえられる一方で、その物腰が「愛の神と美の三女神とに気に入られた母親」（51）を思わせると語られる点にうかがえる。ロバート・K・マーティン（Robert K. Martin）やジョゼフ・アレン・ブーン（Joseph Allen Boone）が指摘するように、ビリーは両性具有的な美しさを有しているのである（Martin, *Hero* 109; Boone 260）。彼を実年齢よりもずっと若く見せたと語られるように（50）、彼の両性具有的な顔立ちは、もう一つの特性である彼の若々しさを際立たせるものとなっている。彼の若々しさは、邪悪なものに染まっていないという彼の無垢を映すものであるが、裏を返せば、彼が未熟で世知に疎い人間であることを意味するものでもある。彼の無垢が無知と表裏一体のものであることは、ベリポテント号に向かうボートで彼が立ち上がり「それから、人権号よ、君ともお別れだ」（49）と別れの言葉を述べた様子にも現れている。ラトクリフ大尉はこの言動を強制徴募に対する「ひそかな中傷」（49）ととらえたとされるが、当のビリーは軍の作法を教えられていなかったためにそのような行為に出ただけであり、中傷の意図はなかったとされる。さらに、「皮肉に向かおうという気も悪賢さも彼には欠けていた。どんな裏の意味もあてこすりも、彼の性質には全く馴染みのないものだった」（49）という語り手の説明を通して、ビリーが世知に疎いことが強調され、その言動には含むところがないということが示される。ビリーの無知は、彼が知恵の実を口にする以前のアダムやセントバーナード犬にたとえられている点、さらに、読み書きができないという事実によっても提示される。このようなビリーの無垢と無知はベリポテント号では彼を悲劇へ導くもととなるが、人権号においては船に平和をもたらす「美徳」として肯定的にとらえられている。[5]

両性の魅力をたたえた美しさや無垢と無知とが混然一体となった「美徳」を持つビリーは、人権号に乗り組むと船員たちをたちまち魅了したとされる――赤ひげと呼ばれる男だけは初めは彼を毛嫌いしていたが、ベリポテント号のクラガートとは違い、この男も最終的には彼に愛情を示すようになったとされる。こうして男たちが彼に愛情深く接するという関係ができていくわけだが、彼の出現によって船に平和がもたらされたと考えるグラヴェリング船長の言葉を踏まえれば、その関係性は「幸福な家族」の様相を呈したものであるように見える。いわば、人権号では突然現れた孤児のビリーを核とする男だけの疑似家族が形成されているのである。[6]

ビリーを中心に人権号で形成される疑似家族は微笑ましいもののように映るが、その様相とは裏腹に問題含みのものである。この疑似家族の問題点は、彼らの関係が船の上で構築されているという点に集約される。人権号の男たちは子たるビリーに愛情を示し、親として彼をかいがいしく世話するようになっていた。彼らがビリーに焼いていた世話は、大工のように自らの職能を活かした例はあるものの、その多くは洗濯や繕い物といった家事であった。船乗りにとって船は仕事の場であると同時に生活の場でもあり、また、航海業は基本的に男だけで営まれるものであるという点を踏まえれば、人権号の男たちが船上で家事を行うのはごく自然なことに見える。しかし、マーガレット・S・クライトン（Margaret S. Creighton）は「デイヴィ・ジョーンズのロッカー室」（"Davy Jones' Locker Room"）において、船長などの個室を与えられている上級船員と違ってプライバシーが保証されない平水夫は、家庭的なもの、近代社会のジェンダー規範を踏まえて言い換えれば、女性的なものを船内から極力排除していたと指摘している。[7] このような平水夫の状況を考慮に入れれば、ビリーのために家事を買って出る男たちの姿は、平水夫が属する労働者階級の者が理想とする男らしさとは相いれないものである。ビリーの存在が男らしさの規範からの逸脱を招くような愛情深い献身を水夫たちから引き出したとブーンが指摘するように（260）、家庭的な愛情を掻きたてるビリーは、家庭と結びつけられる女性的なものの排除を基盤とする平水夫の男らしさをかき乱す存在ということになる。彼の存在により人権号にもたらされたという「幸福」や「平和」は、積極性や攻撃性といった特性に基づく乗組員たちの「男らしさ」が損なわれた状態だと言える。愛情を喚起することで男たちを骨抜きにしてしまうビリーは、平水夫のジェンダー規範に照らしてみれば、「平和の使者《ピースメーカー》」というよりはむしろ「厄介者《トラブルメーカー》」となっているのである。

二　先任衛兵伍長の偏執

ビリーは、ラトクリフ大尉の目に留まったことでベリポテント号に強制徴募され、この軍艦でも人気者となり、男たちからの注目を集めることとなる。彼は、老水夫ダンスカーの命名で「ベイビー」と呼ばれるようになるが、人権号の時とは異なり、他の男たちから家庭的な世話を受けるようなことはなくなる。ベリポテント号においてもビリーに対する乗組員の関心は高かったが、その中でもとりわけ強く彼に引き寄せられた男がいた。それは先任衛兵伍長のクラガートである。

クラガートの人物像は第八章で紹介されるが、その容姿についてはほっそりとして背が高く、洋上での過酷な労働には馴染まないような小さく形の良い手をしており、あごを除けばその顔立ちはギリシャの大メダルにあるもののように整っているとされる。特筆すべき点として、彼の眉が骨相学的には優れた知性を表すものであるとの指摘もなされている。さらに、彼の物腰は「海軍での役割とは不釣り合いな教育と職歴」（64）を想起させるとも語られる。しかし、三十代半ばとされるこの男の前歴について知られていることは何もなく、高等法院王座部に召喚されることとなった詐欺事件を内密に解決するために海軍に入った「山師」（65：強調原文）だとも噂されていたとされる。骨相学的知見に加え、前歴に関する噂や海軍での昇格ぶりを踏まえると、クラガートは無知なビリーとは対照的な世知に長けた人物だと言える。なお、世知に長けているからといって彼の容貌がビリーとは対照的な醜いものかというとそのようなことはなく、「クラガートの容姿は不格好なものではなく、その顔は、あごを除けば整ったものであった」（77）という後の言及にうかがえるように、彼はどちらかと言えば「美形」の部類とみなされている。

クラガートはベリポテント号に強制徴募されてきたビリーに偏執的な関心を示し、それは「ねたみ」や「嫌悪」と表現される（77）。彼のビリーに対する嫌悪は作品の中で繰り返し言及されるが、「もっともな理由があって」（73）花形水夫のことを嫌うのだと述べる語り手にしろ、自分の身の周りで起こる不可解な出来事について相談してきたビリーに対し「ジェミー・レッグズはお前のことを嫌っているんだ」（71, 85）と答えるダンスカーにしろ、ビリーに対するクラガートの嫌悪に言及する者がその理由を明らかにすることはない。その代わりのようにして提示されるのはクラガートの人間性である。クラガートの人間性は、彼がビリーに抱く嫌悪の謎を解くためのカギとして提示されるのにもかかわらず、「間にある致命的な空間」を越えなければ到達することができず理解しようとするのであれば「婉曲表現」を通して行うのが最適であるもの(74)、つまり、直截には言い表すことができないうえに並の人間には計り知れないものとされる。そのような彼の特性は、「生まれながらの性質に従った堕落」や「生来の堕落」と定義されるもの(75)と結びつけられ、彼の「堕落」については「不品行」でも「肉欲的」でもなく、「深刻」ではあるが「辛辣さ」はなく、また、人類におもねるわけでも悪口を言うわけでもないものだとの判然としない説明がなされる(76)。

「生来の堕落」に帰せられるクラガートの特性とは、いったい何なのだろうか。その一つは、ビリーがスープをこぼした際のクラガートの反応の内にE・L・グラント・ワトソン以降の多くの批評家が見出してきたもの、すなわち、クラガートの同性愛傾向である。[8] 彼の同性愛傾向は、語り手がこの男を理解するのに最適な方法は「婉曲表現」を介することだと指摘していた点にまずうかがえる。前述したように、『ビリー・バッド』は十八世紀末の出来事を扱い、一八八六年から九一年にかけて書かれた作品である。同性愛を表す「ホモセクシュアル(homosexual)」という語は、一八六九年に同性愛を擁護する意図で初めて用いられたが、リヒャルト・フォン・クラフト＝エビング(Richard von Krafft-Ebing)の『性的精神病理』第二版(*Psychopathia Sexualis*, 1887)の発表以降には病理化された性的指向を指す語として用いられるようになった。[9] 十八世紀末という時代設定では言い表す言葉がそもそもなく、また、十九世紀末という執筆時期には口に出すのが憚られるものとなっていたことから、メルヴィルは同性愛者および同性愛的欲望を遠回しにしか書くことができず、それゆえ、クラガートは明白な特異性を示しながらもその特異性の把握は許さないという人物になったのだと言える。

さらにケイレブ・クレイン(Caleb Crain)によれば、クラガートの同性愛傾向は、彼のあご、すなわち、「整っている」とされる顔立ちの中で唯一の欠点とみなされていたものにも現れている。彼のあごについては、「奇妙に隆起していて広く、タイタス・オーツ師の版画を想起させる」(64)と説明される。この説明で引き合いに出されるタイタス・オーツは、一六七八年のカトリック陰謀事件において、カトリック教徒による国王チャールズ二世暗殺の陰謀を捏造したことで知られるが、ソドミーを行っていたことでも悪名を轟かせた人物であった。したがって、クラガートのあごによっても彼のセクシュアリティが暗示されていると言える。[10]

クラガートには同性愛傾向があることを踏まえれば、彼のビリーに対する強い関心も同性愛的欲望に基づくものだと考えられる。それは、彼がビリーを見つめる時の表情には「おだやかな思慕の情」が見られ、その趣には「宿命と禁制がなければクラガートはビリーを愛することすらできただろう」(88)と思わせるものがあったと語られる点にうかがえる。しかし、愛になった可能性もあるとされる「思慕の情」は永続することがない。その目が「深い菫色に近い色」から「薄暗い鍛冶屋の鉄床から出た火花」(88)のような赤い色へ変化するのに合わせて、彼の感情は憎しみに取って代わられてしまうのである。

ビリーに対するクラガートの関心は、なぜ思慕から憎悪へと変化してしまったのだろうか。この疑問には、クラガートの何が問題なのかという問いに対するセジウィックの指摘、すなわち、ビリーが喚起してくる欲望は自然で無害とみなされるものであるにもかかわらず、クラガートは自らの欲望に恐怖と嫌悪しか感じていないという指摘が答えとなるだろう(Sedgwick, *Epistemology* 138)。セジウィックの指摘を踏まえれば、ビリーに対するクラガートの関心が嫌悪として発現したのは、彼が同性愛者《ホモセクシュアル》であると同時に同性愛嫌悪者《ホモフォービック》でもあるからであろう。クラガートの欲望が同性愛嫌悪《ホモフォビア》へと向かうのには、先任衛兵伍長という彼の地位が影響している。軍艦の秩序維持を職務とする「警察署長のようなもの」(64)とされることから、先任衛兵伍長とは、軍艦という極度にホモソーシャルな空間における秩序の維持を務めとする人間ととらえられる。さらに、ホモソーシャルな絆が緊密な男同士の結びつきではあるが同性愛とは明確に区別されるものであるという点を踏まえれば、軍艦の秩序維持を職務とする先任衛兵伍長とは、同性愛の取り締まりも務めとする人間ということになるだろう。クローゼットの中にいる同性愛者でありながら同性愛の取り締まりを行うクラガートの目には、自分を含む男たちの心に欲望を掻きたててくるビリーは、ベリポテント号というホモソーシャルな空間を混乱に陥れる存在、さらに、実は同性愛者である自分をクローゼットから引きずり出しかねない危険な存在と映っていたのではないだろうか。彼は、ビリーに対する欲望と嫌悪を錯綜させるうちにホモソーシャル・パニックと呼ばれるものを起こしていたと考えられる。[11] クラガートは、同性愛者としてビリーに強く引きつけられたが、ホモソーシャルな絆の番人という立場からその関心を同性愛嫌悪的なものへと歪め、花形水夫の排斥へと駆りたてられていったのである。

三　艦長の揺れる思い

ベリポテント号においてビリーは男たちの関心を集めたが、特に先任衛兵伍長のクラガートからは特異な関心を寄せられていた。しかしこの軍艦には、ビリーに対し特別な関心を示した人物がもう一人いる。それは艦長のヴィアである。艦長のビリーに対する関心は、「父」から「規則に厳格な軍人」（100）への変化として現れるもので、クラガートの告発に基づいて行った審問の場では衝撃のあまり発話障害が出たビリーに配慮を示していたが臨時軍法会議では被告人のビリーに対する配慮を排除するよう求めたことに顕現している。

ヴィアは、四十代――ビリーの父親と言ってもおかしくない年齢――の独身男で、「著名な海員であふれていた時代にあっても卓越した軍人」（60）だと紹介される。軍人としての彼は、部下の福祉に気をかける雅量を示す一方、規律違反に対しては容赦をしない厳格さを持つとされている。ヴィアは、人権号からベリポテント号に強制徴募されてきた当初からビリーに関心を寄せ、彼の美しさ、すなわち、「ヒト属の素晴らしい見本」(94)と呼ばれ堕落前のアダムにたとえられる特質ばかりでなく、船員としての彼の能力も買っていた。彼は、「自分の目がもっと届く地位」にあたる後檣楼の長に昇格させることを検討していたとされるほどビリーに目をかけ、「陛下の掘り出し物」として彼を高く評価していたとされる(95)。しかし彼は、クラガートの告発を受けて行った艦長室での審問を機に、この青年水夫に対してアンビヴァレントな態度を示すようになる。

告発者クラガートに対する疑念と告発内容の重大性から内々に対処しようとしてヴィアは自室で審問を行うが、それは次のように展開していく。艦長は密かにビリーを呼び出し、そこで先任衛兵伍長に反乱計画について述べさせる。艦長はビリーに弁明を求めるが、自分を反乱首謀者とする虚偽の告発に気が動転してしまったため、青年は発話不能状態に陥ってしまう——彼の発話障害は心に強い衝撃を受けた際に吃音として現れるもので、彼の欠点とされている。艦長はビリーが衝撃のあまり発話不能状態に陥ったことを察知し、「おい、話せ!(Speak, *man!*)」(98:強調引用者)という最初の厳しい命令から「君、慌てることはないぞ(There is no hurry, *my boy.*)」(99:強調引用者)という穏やかな呼びかけへと言葉を変え、彼に弁明を促す。しかし、艦長の優しい言葉にかえって動転してしまったビリーは、言葉の代わりに飛び出した右腕でクラガートを殴り倒して彼を殺してしまう。一部始終を目撃していたヴィアは臨時軍法会議を招集し、厳罰を下すことをためらう判事役の部下たちを説き伏せてビリーの処刑を決定させる。

艦長室での審問以降に見られるヴィアのビリーに対する態度の変化は、審問の際に見せる軟化と臨時軍法会議の際に見せる硬化という形で現れる。彼の態度の軟化は、ビリーが発話障害に陥ったのを見てとった際、呼びかけの言葉を変化させてなだめるように彼の肩に手を差しのべた様子に現れている。ヴィアがビリーの苦境を見抜くことができたのは、青年水夫の尋常ならざる様子から、教師の質問に真っ先に答えようと立ち上がったところで言葉が出なくなってしまった学友の姿を思い出したからだと説明される。ここで彼は、苦況に陥った学友を彷彿とさせる青年に対する同情から、自らの態度を厳格な軍人としてのものから父親的な年長者のものへと変化させ、青年への配慮を示すのである。ただし、密室での審問の中で彼がビリーに見せた配慮が同情に起因したものであるという点には注意する必要がある。近代社会においては、ドメスティック・イデオロギーと呼ばれることになるものがミドルクラスの人々を中心に浸透し、この通念のもとで理性や知性といった頭の領分に優る男と感情や道徳性といった心の領分を司る女という図式も形成されていった[12]。この通念に従えば、ヴィアが発話障害に苦しむビリーに抱いたと推測される同情は、心の領分に属するもの、すなわち、女性的なものということになる。ヴィアの言動はミドルクラスを中心に浸透していたドメスティック・イデオロギーに単純に当てはめられるものではないが、彼が臨時軍法会議において感情を女性的なものとして非難している点を踏まえれば、艦長室での尋問で彼がビリーに示した同情は女性的なものととらえることが可能であろう。語り手により父親的なものだとの説明がなされるものの、尋問の場でヴィアがビリーに示した配慮は、同情という女性的とみなされる心の動き、つまり、男らしさの通念から逸脱するものによってもたらされたとも言える。

ヴィアは艦長室という密室ではビリーに温情を見せていたが、その後に起こったビリーによる上官クラガートの殺害の件を公にしなければならなくなると、青年への厳罰を主張し、被告人に配慮を示すことを判事役の部下たちに対しても禁じるようになる。クラガートの殺害の後に見られるヴィアの態度の硬化はまず、軍規の違反を一切許さないという元来の性格が表に出たものととらえることができるだろう。しかし、教会に対して虚偽を働いたために妻とともに命を落としたアナニヤにクラガートを喩えて「天使に打たれて死んだのだ。だが、天使は処刑されなければならない！」（101）と語った事件直後の様子にうかがえるように、ヴィアの変化には常軌を逸した強迫的なところがある。なお、この時の彼の態度が強迫的なものであることは、事件直後の艦長の精神状態についての船医の考察によって裏付けられる。
こうした点から、ヴィアの態度の硬化は、彼がビリーに示した配慮にはらむ問題をあぶり出すものとなっている。先述したように、艦長の花形水夫に対する配慮は女性的とされる心の動きに基づくもの、いわば、男らしさの規範から逸脱するものである。それゆえヴィアは、艦長室というプライバシーが守られる空間の外でそのようなものを示すことは、公的／男性的な領域に私的／女性的なものを持ち込み、公的／男性的な領域に混乱をもたらすことになる危険な行為であるととらえていたのではないだろうか。ビリーに対する配慮が感情に基づくものであるからこそ危険であるという認識をヴィアが持っていたことは、臨時軍法会議での彼の次の発言にうかがえる。

だが、本件の特殊性が諸君らの心をかき乱している。私の心ですらそうだ。だが、冷静であるべき頭をあたたかな心に売り渡してはならない。陸の裁判において、公正なる判事が、涙ながらの請願で心を動かそうとする心やさしき親類の女に法廷の外で呼び止められるなどという真似をするだろうか。そう、ここにある心というものは、時には男の中の女々しさとなるものであるが、件のあわれな女と同じようなものだ。しかし、どんなに辛くとも、その女は排除されなければならない。（111）

彼のこの発言は、「憐れみによって活力を得たためらい」（110）と表現される逡巡を示す部下に向けられたものである。ここで彼は、「心やさしき親類の女」というたとえを通して、ビリーへの配慮が心の動きに基づくものであり、公的領域においてそれを表に出すことは容認できないという認識を示している。さらに、彼はこの発言を通して、ビリーの存在により自分を含むベリポテント号の男たちが腰抜けになってしまうのではないかという懸念も露わにしているのかもしれない。ヴィアの態度の硬化は、軍艦という極度に男性的な空間において、ビリーは「平和の使者《ピースメーカー》」であるどころかむしろ「厄介者《トラブルメーカー》」になっているという彼の直観を示しているのだと言える。13

ヴィアは臨時軍法会議において、ビリーが掻きたててくる女性的な感情の排除を声高に主張した。しかし、ビリーによるクラガートの殺害に最も心をかき乱されていたのはヴィアその人である。彼がビリーに心を揺さぶられ続けていたことは、被告人の独房とされた部屋での彼らの面談で示唆される――仮定法を用いて婉曲的に述べられていくこの面談において、ヴィアは閉ざされた空間の中で「禁欲的あるいは無関心そうな外見に時々潜んでいる熱情」(115)を表に出したかもしれないと語られ、彼の熱情は、神への生け贄として捧げるよう命じられた息子イサクを抱いた時にアブラハムが感じていたと思われるものにたとえられる。

ヴィアは、ビリーに激しく心を揺さぶられながら、私的／女性的なものとみなされる感情が公的／男性的な領域に入り込むことを誰よりも恐れていたと言える。軍艦という男たちのホモソーシャルな体制の頂点にいるヴィアは、密室での審問において自分自身の内に女性的なものが発現するのを経験していたからこそ、自分が指揮する体制が女性的なものに侵されることを恐れ、危険の根源となるビリーの排除へと強迫的に駆り立てられていった。ホモソーシャルな体制の番人であるクラガートがビリーへの関心によってセクシュアリティのパニックを起こしたように、ホモソーシャルな体制の長であるヴィアは、ビリーに対する配慮を通して、ジェンダーのパニックを起こしていたのである。

四．バラッドに託されたもの

『ビリー・バッド』は、男の男に対する関心が社会で是認されている男らしさやそのような男らしさに基づくホモソーシャルな体制を混乱させるものになりうることを示すテクストとなっている。ビリーを規範に縛られず、また、男らしさの規範に基づく抑圧から周囲の者を解放する力を持つ存在として賞美しながら、最終的には上官殺しの重罪人として厳罰を受けさせていることから、この作品は規範的な男らしさのオルタナティブが存立していく可能性に対するメルヴィルの絶望を表しているとも言える。

この作品でメルヴィルが絶望を示しているとするならば、ベリポテント号への強制徴募の場面において、彼はなぜグラヴェリング船長にビリーが人権号に及ぼした影響が「幸福」なものであると言わせたのだろうか。この疑問に対する答えは、物語の結末部分に見出すことができる。語り手が言うには小説としての「均斉美」(128)を犠牲にしてまで、ビリーの処刑の後日譚、すなわち、ヴィアの最期、軍の公報での歪曲された事件の報告、そして、ビリーの処刑に対する水夫たちの反応が結末において語られる。ここで注目すべきは、作品の最後に示される水夫たちの反応である。語り手は、ビリーの処刑にかかわりのある物が記念として尊ばれたこと、また、水夫たちがビリーを無垢な花形水夫として記憶し続けたことを示し、ビリーの当直仲間だった前檣楼員が編み水夫たちが歌い継いだバラッドを付している。ビリーの持つ「美徳」を訴える言葉に始まり彼の「無自覚な純真さ」(131)を称えるバラッドで締めくくられることから、この作品は、非規範的な男らしさが存立不可能であることを認めているようでいながら、実際には規範的な男らしさに抗うものとなっている。

メルヴィルの文学を性の観点から読む場合、『ビリー・バッド』は特異なテクストだと言える。その特異性は、草稿が発見されたのが「近代のホモセクシュアルなアイデンティティと性的指向という近代の問題構制が始まったと言われる時」(Sedgwick, *Epistemology* 91)の頂点にあたる一八九一年であったという点、言い換えるならば、ホモセクシュアリティをはじめ非規範的とされるセクシュアリティの病理化が進む中で書かれた作品であるという点にある。メルヴィルは、小説家として活動していた十九世紀中葉とは異なる時代の空気を感じながら、非規範的な男の性の有り様を戦略的に描いていたと考えられる。彼がとった戦略とは、作品の設定とバラッドの挿入である。彼がこの作品の舞台に選んだのは、反乱の頻発という歴史的事実を背景とする十八世紀末のイギリス海軍であった。

また、この作品では「ベニト・セレノ」（"Benito Cereno," 1855）の構造が踏襲され、十八世紀末に起きた過去の事件を描きながら、同時代の性の規範からは逸脱するものとの遭遇も語られている。彼はこのような設定にすることによって、同時代のアメリカ社会に対する自らの態度を寓意的に語ろうとしたのだろう。さらに、彼が自らの態度を表明するために用いたのが、「ビリーは手錠につながれて」（"Billy in the Darbies"）というバラッドである。ヘイフォードとシールツによれば、『ビリー・バッド』はもともと、このバラッドの註から散文に発展していった作品である（Hayford & Sealts 1）。メルヴィルはこのテクストをバラッドで締めることで、散文では語りえないもの、すなわち、時代の変化により口にするのがさらに憚られるようになっていた非規範的な男の性の有り様を韻文に託したと考えられる。『ビリー・バッド』は、男の男に対する関心が規範的な男らしさと矛盾なく存立することの困難を提示する一方で、お互いに関心を持ち合う男たちの幸福な関係性を言祝ごうとするメルヴィルの姿勢を示す作品、最晩年を迎えてもなお彼が同時代の性規範に対する抵抗者であったということを示す作品となっている。

1　『ビリー・バッド』のテクストについてはHayford & Sealts および Milder 1-3 を参照。

2　『ビリー・バッド』批評の変遷の詳細については Hayford & Sealts 24-37, Milder 1-21, Parker, *Reading Billy Budd* 3-11 を参照。

3　グレヴェンの『ビリー・バッド』についての議論は *Men beyond Desire* 193-218 を参照。

4　『ビリー・バッド』研究ではセクシュアリティの問題に関心が寄せられる傾向があるが、ジェンダーの観点から論じた研究がないわけではない。ウィン・ケリー（Wyn Kelly）は「心やさしき親類の女」（"Tender Kinswoman," 2006）において、『ビリー・バッド』でも言及される一八四二年のサマーズ号事件を扱ったゲイル・ハミルトン（Gail Hamilton）の「フィリップ・スペンサーの殺害」（"The Murder of Philip Spencer," 1889）を補助線としながら、作品における司法の問題を論じている。

5　無垢と無知の他にも、「美徳」と表現されるビリーの性格的特性は、否定の接頭辞の付いた語で表現されるという特徴がある。この点についてバーバラ・ジョンソン（Barbara Johnson）は、「無邪気な（innocent）、慣例にとらわれない（unconventional）、読み書きができない（illiterate）、洗練されていない（unsophisticated）、純粋な（unadulterated）など、ビリーについて述べるために用いられる語のほとんど全てが否定の形をとっている」（88）と指摘している。

6 実はビリーが卑しからざる人の私生児と推測される捨て子であったことがベリポテント号の将校との会話で後に明らかにされることから、ビリーを孤児ととらえるのは妥当と言える。

7 クライトンの論文は、十九世紀アメリカの捕鯨船員のジェンダー文化について論じたものであるが、「鉄の男（iron men）」と呼ばれる船員の全般的な傾向を示すものとして参考になるだろう。

8 クラガートのセクシュアリティに関しては Watson 44, Matthiessen 506, Martin, *Hero* 107-24, Sedgwick, *Epistemology* 91-130を参照。なお、セジウィックは『クローゼットの認識論』において、『ビリー・バッド』に登場する男たちの衝動を「ホモセクシュアル」な欲望と呼ぶことができると指摘しているが（92）、クラガートが示す欲望は他の男たちがビリーに抱くものとは異質なものと考えられる。そこで本章では、他の男たちの欲望とは区別するため、クラガートの欲望に関わるものについては「同性愛」と漢字で表記を行う。

9 「ホモセクシュアル」という語の使用については本合八を参照。

10 タイタス・オーツのたとえに暗示されるクラガートのセクシュアリティについては Crain 251 を参照。

11 ホモソーシャル・パニックについては Sedgwick, *Between Men* 89 および *Epistemology* 182-212 を参照。

12 ドメスティック・イデオロギーについては Cott, *The Bond of Womanhood* および Welter を参照。

13 マーティンは、ビリーは女の代わりとなるような権力を持たない少年であって、彼には体制を動揺させる力がないと述べている（Martin, *Hero* 109）。しかし、人権号での疑似家族の形成に見られるように、ビリーは理性が求められる場に感情を持ち込む存在、いわば、男の領域を侵す存在であり、社会体制を攪乱させるだけの力を十分に持っていると考えられる。

終章

一八四八年に作家としてデビューを果たしてから一八九一年にこの世を去るまで、メルヴィルは作品を書き続けた。税関に勤めるかたわら詩作を行っていた時期も含め通算で四十五年にもなる活動において、関心の対象や作風を変化させながら、彼は男らしさに関わる問題を一貫して小説に書き込んでいた。ジェンダーおよびセクシュアリティの観点から初期から晩年までの作品を読むことによって浮かび上がるメルヴィル像は、同時代の北部のミドルクラス社会に浸透していたものから男らしさの概念を解き放ち、多様なものにすべく奮闘し続けた作家というものである。キャリアを積むごとに見られる彼の作風の変化と同時代の性規範に対する彼の抵抗について、本章であらためて概観したい。

初めての捕鯨航海で船から逃亡した際の白らの経験をもとにした『タイピー』（*Typee*, 1846）は、ヌクヒヴァを離れた後にタヒチに拘留された際の経験を活かした『オムー』（*Omoo*, 1847）とともに、旅行記の体裁をとった大衆小説である。彼は島民の日常生活を活写しながら、ヌクヒヴァの島民の方がアメリカ人よりも幸福なのではないかと語り、原住民を「野蛮」と蔑む自国の価値観に対して批判的な態度を示した。彼が抵抗を感じていた価値観の一つは、彼と同じ階層の人々が理想とした「叩き上げの男らしさ」の理念である。彼は、アメリカの白人男性という主体の枠組みから逸脱する存在になろうとした語り手の青年を通し、当時の社会において支配的であった男らしさの理念に対する抵抗を表明していた。前期の作品においてメルヴィルは、身体、とりわけ、当時のミドルクラス社会では非標準的とみなされていた傷や欠損のある身体に強い関心を示していたが、この作品で彼は顔への入れ墨に注目した。主人公トンモが何度か用いる「破滅」という表現からうかがえるように、メルヴィルはこれを太平洋諸島の島民に特有の文化というよりはむしろ、アメリカ人としてのアイデンティティを喪失させる致命的な傷として提示した。主人公の主体再構築の試みを頓挫させる原因として入れ墨を描くことで、アメリカ白人の「男らしさ」にとって身体が重要な要素であるということを彼は示している。

前期の後半に書かれた『ホワイト・ジャケット』（*White-Jacket*, 1850）は、『タイピー』および『オムー』に比べると伝記的な要素はほとんどないと言えるが、旅行記の体裁をとるという最初期の路線に回帰した作品である。メルヴィルは、この作品においても男らしさに関わる問題として身体の傷を取り上げているが、その扱いには『タイピー』からの変化が見られる。『ホワイト・ジャケット』で彼が注目した身体に関わる問題は笞刑である。彼はまず、軍艦での体罰を廃止しようとしていた当時の世論に乗るかのように軍艦での笞刑を糾弾し、笞で背中を傷つけられることによって白人水兵の男らしさが損なわれるという主張を語り手にさせている。しかし、『タイピー』での議論を踏襲するかのような論調は、物語の終盤で描かれる老水夫アシャントに対する笞刑において大きな変化を見せる。アシャントは身体部位に優先順位をつけ、彼にとって最も重要な鬚を守るために優先順位の低い背中をあえて差し出していた。メルヴィルは、このようなアシャントの行為をアメリカの白人男性が持つとされる身体の管理権を行使するものとして、いわば、傷を受けた者の男らしさを証明するものとして提示している。ここで彼は、身体の傷を男らしさを喪失させるものととらえる通念を覆し、身体の傷がむしろオルタナティブな男らしさの構築につながる可能性を示してみせている。

『白鯨』（*Moby-Dick*, 1851）では、身体の傷がオルタナティブな男らしさの構築につながるという『ホワイト・

ジャケット』で提示した考えが、エイハブやクィークェグの人物造型を通して進化した形で提示されている。体に傷がないことを要件の一つとする男らしさの基準に従うならば、モービィ・ディックに片足を奪われたエイハブも、南太平洋の出身で体中に入れ墨を入れているクィークェグも逸脱的な存在ということになる。しかし、メルヴィルはこの二人を物語の中枢に置くことによって、彼等を同時代の男らしさの基準を超越するオルタナティブな存在にしている。彼は前期の作品で傷や欠損のある身体を介して同時代の読者が信奉していた男らしさの通念への抵抗を示していたが、そのような彼の抵抗は『白鯨』で頂点に達したと言える。

『白鯨』においてメルヴィルは、身体という点からの男らしさの探究を極めた一方で、男としての主体の有り様とも関わりを持つ事象、すなわち、男同士の友愛を語り手イシュメールとクィークェグの関係などを通して掘り下げていった。欲望などの人間の内面と関わるものに対する彼の関心は、次作の『ピエール』(*Pierre*, 1852)でさらに探究される。彼はこの作品で逸脱的な男の性の有り様を描いたが、そうすることで北部ミドルクラス社会の異性愛主義に対する抵抗も試みている。『白鯨』までの作品では、同時代のミドルクラス社会に浸透していた性規範から逸脱するものとの遭遇により、そのようなものが持つオルタナティブな可能性に目が開かれていくアメリカ人青年が登場していたが、『ピエール』においてはアメリカ人青年が同時代の性規範からの逸脱者とされ、彼の破滅が描かれた。そのようにして物語の悲劇性を高めることによって、メルヴィルは規範から逸脱するものを受け入れようとしない社会を暗に批判するようになったと言える。

アイロニーやカリカチュアを通して暗示的に社会を批判するという彼の手法は、紙数に制約のある雑誌という媒体に作家としての活路を見出そうとした時期に進化を見せる。「ベニト・セレノ」(“Benito Cereno,” 1855)は、この時期の彼の作風が最もよく現れている作品の一つであろう。社会に浸透しているイメージを利用しアメリカ人船長デラノーを欺いてみせた黒人奴隷バボの姿を通して、男らしさというものは恣意的に構築された概念であって絶対的なものではないということを彼は示した。さらに、同時代のアメリカ社会のカリカチュアであるデラノーという人物を通して、そのことに気付こうとしない社会に対する批判も行われている。

小説家としてのキャリアを中断した後の晩年に書かれた『水夫ビリー・バッド』(*Billy Budd, Sailor*, 1924) もまた、同時代の社会に浸透していた性規範に対する彼の態度、すなわち、男の友愛を阻む男らしさのイデオロギーと異性愛主義に対する抵抗を示した作品になっている。メルヴィルは、雑誌寄稿者時代から物語の舞台を過去に設定した作品も書くようになり、そのような設定の変更により同時代のアメリカ社会に対する批判を寓意的に行っていた。十八世紀末のイギリスの軍艦を主な舞台としたこの作品もそのような流れをくんでいる。『信用詐欺師』(*The Confidence-Man*, 1857) 以降、メルヴィルは専ら詩作を行うようになっていたが、この作品にはその影響もうかがえる。『ビリー・バッド』では最後にバラッドが挿入されるが、そうすることにより、性科学の登場で性をめぐる言説が変化する中で口にはできなくなったものが韻文に託されている。

メルヴィルは、作家としてのキャリアを通して同時代に覇権的であった男らしさの通念に抵抗し、そこから逸脱するものを描き続けたが、そうする中で関心の対象を身体のような表面に現れているものから欲望のような人間の内奥にあるものへと変化させていった。同時代のジェンダー規範や異性愛主義に対する抵抗の手法も、『タイピー』や『ホワイト・ジャケット』に見られる直截的な諷刺や批判から、『ピエール』以降の作品に見られるようにアレゴリーやアイロニーやカリカチュアを用いた暗示的なものへと変わっている。このような彼の変化の転換点となっているのは『白鯨』である。

もともと『白鯨』は、『マーディ』(*Mardi*, 1849) を除くそれまでの作品と同様に自らの経験をもとにして捕鯨航海を描こうとした作品で、彼が一八五〇年六月二十七日付の書簡でイギリスの編集者リチャード・ベントリーに伝えたところでは、「南海抹香鯨漁におけるある途方もない伝説に基づき、著者自身の二年以上に渡る銛打ちとしての経験による例示を加えた冒険譚」(*Correspondence*, 163)として、一八五〇年二月から執筆されていた。『リテラリー・ワールド』(*Literary World*)誌の編集者でメルヴィルの友人でもあったエヴァート・ダイキンクが弟のジョージに宛てた一八五〇年八月七日付の書簡での「メルヴィルは新作をほぼ完成させている――鯨漁を想像力豊かに、それでいて正確に、そして面白く描写したものだ――本当に新しいものだ」(Leyda 385)と綴っていたことにうかがえるように、最終的には『白鯨』という形に変貌を遂げることとなるこのテクストは、夏までは順調に書き進められていたようである。[1] しかしその後、メルヴィルが改稿を始めたため、この作品が出版されたのは翌年の秋――イギリス版の『鯨』が十月、アメリカ版の『モービィ・ディック、あるいは鯨』が十一月――となった。しかもその内容は、執筆当初に彼が示していた構想とは異なり、リア王を彷彿とさせるエイハブによる破滅的な復讐劇を基調としつつ、一八五一年十一月二二日の『リテラリー・ワールド』の書評でダイキンクが用いた表現を借りれば、「知的ごった煮」(Higgins & Parker, *Herman Melville* 384)の様相を呈する長大なテクストとなった。捕鯨航海を描く冒険譚になるはずであったテクストは、何がきっかけで変貌を遂げたのだろうか。彼を改稿に向かわせ、その文学に大きな変化をもたらした要因の一つとして、ナサニエル・ホーソーンとの交流があげられる。

メルヴィルは、一八五〇年八月五日の文学関係者のピクニックでホーソーンと初めて顔を合わせ、この先輩作家と親しくなった。[2] 彼は、ホーソーンに感じた衝撃を「ホーソーンと彼の苔」(“Hawthorne and His Mosses,” 1850)と題した評論に著し『リテラリー・ワールド』(一八五〇年八月十七日号および八月二四日号)に匿名で発表した。この評論の中で彼は、ホーソーンの作品にはシェイクスピアのものに匹敵する「暗黒」(243)の力があり、それは生得の堕落や原罪というカルヴィニズムの教義に起因するものであると論じた。さらに彼は、「模倣によって成功するより、独自性によって失敗するほうがよい。どこかで失敗をしたことがない人間は偉大ではありえない。失敗とは、偉大さの真の試金石である」(247-48)とも述べている。この見解にうかがえるように、彼はアメリカならではの「暗黒」の力をホーソーンの文学に見出し、それをきっかけとしてイギリスの名作に肩を並べるような独自性のある文学を自分でも生み出したいと願うようになったのだろう。その結果、彼はレノックスに住むホーソーンとの交流を続けながら――彼はもともと夏を過ごすためにピッツフィールドに来ていたが、義父の援助を受けて近郊に農場を購入し家族とともに転居していた――ほとんど完成していたという作品の改稿を進め、この先輩作家の「天才」に献じられた『白鯨』を生み出したのである。

メルヴィルは、ホーソーンとの交流を通してアメリカ人作家としての文学性の追求を志すようになったが、彼が先輩作家に求めたものは文学性だけではないと考えられる。彼がホーソーンに感じた思慕は、もともとは先輩作家の文学性に対する共感や憧れに由来するものであっただろう。しかし彼は、自分と同じく幼くして父を亡くした先輩作家に文学的な師以上のもの、ローリー・ロバートソン＝ローラン（Laurie Robertson-Lorant）の表現を借りるならば、「心の友《ソウルメイト》、父、兄、友人」（"Mr. Omoo and the Hawthornes" 40）を熱烈に求めるようになった。例えば、彼は「ホーソーンと彼の苔」の中で、「しかし、このホーソーンが私の魂に種を落としたことはもう分かっている。私が彼のことを考えれば考えるほど、彼は広がり、深まっていく。そして彼は、その力強いニューイングランドの根を私の南部の魂という熱い大地に深く、深く下ろしていくのである」（250）と述べていた。また、『白鯨』の書評をしようとのホーソーンの申し出に対する返事とされる一八五一年十一月十七日付と推測される書簡では、「ホーソーン、あなたはどこからやって来るのか。何の権利があって僕の人生の酒瓶から酒を飲むのか。僕がその酒瓶を自分の唇にあてる時――見よ、それはあなたの唇であって、僕の唇ではない。神が最後の晩餐のパンのように分けられること、そして、僕たちがそのかけらだということを感じる。それゆえ僕は、この無限の友愛の感情を感じるのだ」（*Correspondence*, 212）と語っている。これらの例に現れているように、ホーソーンに対する彼の思いは性的な含みをうかがわせる熱烈なものであった。彼が用いた表現に性的な含みを見出すことはできるものの、一八五〇年代にはアイデンティティと結びつけられるものとしての同性愛の概念がなかったこと、さらに、彼が結婚して二男二女をもうけているという事実や彼の性指向を明示するような伝記的資料がないことから、ホーソーンに対する彼の感情を性的なものだと断定することはできない。しかし、彼が書き残したものを見るかぎり、『白鯨』の中でイシュメールが感じたという「融解」(56)、すなわち、同性愛的な友愛の情を彼が先輩作家に感じていた可能性を否定はできない。「融解」の感覚として現れた彼の思いが受け入れられることはなく、一八五一年十一月にホーソーンが家族を連れてレノックスを去って以降、二人は疎遠になっていった。ホーソーンとの関係がこじれていく中で書かれた『ピエール』において、メルヴィルは、異性愛主義の規範から逸脱する男の欲望を掘り下げるとともに、破滅的な男同士の関係も描いた。この作品以降、彼はわかり合えない男同士の関係を作品に書き込むとともに、規範から逸脱するものの存在を認めようとしない社会を暗に批判するようになっている。『白鯨』以降の作品に見られる変化は、ホーソーンとの交際で自らの思いを拒絶されたメルヴィルが、人間の内面の探究を通して男らしさの理念や異性愛主義に向きあい、そうすることによってオルタナティブなものが存立する可能性に目を向けようとはせずに特定の規範を押し付けてくる社会への抵抗を強めたことを示している。

作風の変化の他にも、『白鯨』を境にしてメルヴィルの文学にはある重大な変化が生じている。それは、男らしさのイデオロギーから逸脱する男が最終的には命を落とすことになるという点である。本論で論じてきたように、彼は同時代の男らしさのイデオロギーから逸脱する者を描き続け、特に後期の作品では逸脱的な存在を許容しようとしない社会に対し批判的な姿勢を見せていた。それにもかかわらず、なぜ彼は規範に対するオルタナティブとなる者が社会の中で生き続ける姿を描こうとしなかったのだろうか。この疑問に対する答えとして考えられることの一つに、メルヴィルの作家としての戦略がある。『白鯨』第二四章「弁護」("The Advocate")において、「僕の死に際して、僕の遺言執行人が、より正確を期するならば、僕の債権者が、貴重な原稿を机の中に見つけることがあるとすれば、ここで将来を見越して言っておくと、あらゆる名誉と栄光は捕鯨業によってもたらされた。捕鯨船が僕のイェールでありハーヴァードであったからだ」(112)とイシュメールは語っているが、この発言は作者自身の文学修養と重なるものである。この時代の男性作家としては珍しく大学で学ぶ機会を得られなかったメルヴィルの文学修養は、平水夫として乗り込んだ船の蔵書を読むことから始まり、陸に戻り作家となってから本格化した。ダイキンクの蔵書などから古今の文学を読み漁る中でシェイクスピアの悲劇に傾倒し、シェイクスピアをシェイクスピアたらしめている「暗黒」の力——後にホーソーンの文学に見出すもの——を見出した。このようにして作家としての素養を身につけると、『白鯨』以降の作品において彼は、自分なりの方法で「暗黒」を探求し、「きわめて重大な真実を示すまともな狂気」("Hawthorne and His Mosses" 244)について語るようになった。それゆえ彼は、オルタナティブな者も社会の中で生き続けるという大団円ではなく、そのような者の破滅的な死という悲劇で終わらせることで読者に鮮烈な印象を与えようとしたのだと言える。

逸脱的な者の死という結末はまた、専業作家として活動していた時期に彼が置かれていた状況が影響したものであるかもしれない。メルヴィルは小説家として当時のジェンダー規範に対する抵抗を作品に書き込んでいたが、その一方でそのイデオロギーに縛られてもいた。一家の大黒柱としての重責を担うようになっていた彼は、「叩き上げの男」となるように、つまり、市場での競争を勝ち抜き経済的成功を収めるようにという周囲からのプレッシャーを感じていたと推測される。十九世紀半ばのミドルクラス社会に生きる者として市場での成功も追い求めなければならなかったメルヴィルにとって、逸脱的な存在を許容しようとしない社会に対する抵抗は、自分の思う通りに書くわけにはいかないものの一つであったと言える。思う通りに書くわけにはいかないものを書きながらもそれを世に出す戦略として、彼は規範に対するオルタナティブとなる人物の死を選んだと考えられる。

『白鯨』以降のメルヴィルは、同時代の社会の中で覇権的であったジェンダー規範や異性愛主義からは逸脱する男たちを葬り去っていった。しかし、作家としてのキャリアを通して逸脱的な男の性の有り様を書き込み続けていたことから、彼はそのような性の有り様が社会で認められるようになることを望んでいたと考えられる。そのことは、男らしさのイデオロギーから逸脱する人物について語り継ぐ者の登場する作品を彼が後期にも残している点にうかがえる。例えば『白鯨』では、相対主義的で特定の規範に縛られることのないイシュメールをピークォッド号の航海の唯一の生還者として登場させ、航海の顚末や捕鯨業にまつわる蘊蓄ばかりでなく、異種混淆的な男らしさや男同士の友愛——男同士の競争を勝ち抜き社会的に成功することが男らしさの達成につながるとするミドルクラス的価値観では否認されるもの——についても語らせている。さらに『水夫ビリー・バッド』では、男たちの欲望を図らずも喚起し彼らの男らしさを混乱させたビリーの処刑に立ち会った船員たちに、この青年水夫を愛すべき存在として称えるバラッドを語り継がせている。メルヴィルは、規範的な男らしさのイデオロギーのオルタナティブとなる者に悲劇的な結末を用意する一方、悲劇に居合わせた人物に語り部の役割を与えることによって、多様な男らしさが社会の中で認められるようになるための下地を作っていたとも考えられる。

数々の研究で明らかにされてきたように、十九世紀中葉のアメリカの文学界において同時代の性規範に違和感を覚えていた作家はメルヴィルだけではなかった。デイヴィッド・レヴェレンツ（David Leverenz）によれば、「アメリカン・ルネサンス」の作家たち、すなわち、エマソン、ホーソーン、メルヴィル、ソロー、ホイットマンは、「実用主義」や「競合性」などを通して提示される男らしさの規範から自分が逸脱していることを自覚し、男らしさのイデオロギーへの反応を表す際に文学的な独自性を見せていた。さらに、当時人気を博していた家庭小説や感傷小説を書いた女性作家たちも、家庭という女の領域を飛び出し市場という男の領域に進出していったという点で当時の社会に浸透していたジェンダー規範から逸脱する存在であった。彼女たちは、二枚舌を使うようにして「本物の女らしさ」のイデオロギーを反映する作品を生み出していたのである。

アンテベラム期のアメリカ人作家はそれぞれの方法で同時代の性規範に立ち向かっていたわけであるが、メルヴィルはどのようないきさつからミドルクラス的な男らしさのイデオロギーに抵抗し、そこから逸脱するものを描き続けるようになったのだろうか。ジェンダーの点から考えられることは三つある。一つ目は少年時代に社会的転落を経験したことである。序章でも触れたように、メルヴィルの父アランは一八三〇年の秋口に事業に失敗し、同年十月九日に債権者から逃げるようにしてマンハッタンからオールバニーに転居した。この夜逃げの際に彼と行動を共にしていたのが、当時十一歳だった次男のハーマンである。[3] 父親が事業に失敗した後に神経衰弱に陥って死んだことは、「叩き上げの男らしさ」という理想の暗黒面として鮮烈な印象を彼に残し、そのような男らしさのイデオロギーに対する違和感を醸成する下地になったと考えられる。二つ目は平水夫時代に非西洋社会を見てきた経験である。『タイピー』で欧米人との接触による悪影響を免れているヌクヒヴァの島民を称揚して欧米諸国による太平洋諸島のキリスト教化政策を批判したことに現れているように、彼はポリネシア諸島に滞在した経験を通して、ベンジャミン・フランクリンをモデルとするような男らしさの理念、すなわち、欲望を律しながら勤勉に働いて立身出世する者を理想とする考え方に疑問を抱いていたと言える。三つ目は、彼自身も父親と同様に社会的に成功したとは言いがたい人生を送ったという事実である。作家としてのメルヴィルは、最初期の作品を除き商業的成功を手にすることはできなかった。作家としての稼ぎでは生計を成り立たせることができなかったために、数度の就職活動の失敗を経て、[4] 彼は四十七歳にしてニューヨーク税関の検査官となった。この点でメルヴィルは、大学時代の友人であったフランクリン・ピアスの大統領選における貢献のおかげで領事職を得ることができたホーソーンとは異なっている。自分自身が社会人として辛酸を嘗めることになったという点も、男らしさをめぐる問題への彼のこだわりに影響したと考えられる。さらにセクシュアリティとも関連することとして、彼には男同士の友愛を指向する傾向があったという点があげられる。「叩き上げの男」を理想とする男らしさの理念は、男同士の競争を前提とすることから男同士の友愛を抑圧するものとなる。そのためメルヴィルは、同時代の男らしさのイデオロギーには違和感を感じていたと推測される。同時代の性規範に対する彼の違和感は少年期に芽生え、経験を積むにつれて大きくなっていき、消えることは決してなかっただろう。ジェンダーやセクシュアリティという性をめぐる問題は、メルヴィルがその作品の中で取り上げた問題の一つであるが、彼が作家としてのキャリアを通してこだわったものであり、彼の再評価にも影響した重大な点である。

忘れられた作家となっていたメルヴィルを再評価する動きは最晩年の一八八〇年代に始まり、[5] 一九一九年に生誕百年を迎えた後の一九二〇年代になって最も活発となった。メルヴィルの再生《リヴァイヴァル》は、『ケンブリッジ版アメリカ文学史』（*The Cambridge History of American Literature*, 1917–21）でカール・ヴァン・ドーレン（Carl Van Doren）がメルヴィルをアメリカ文学の古典的大作家としたことに端を発し、D・H・ロレンス（D. H. Lawrence）が『アメリカ古典文学研究』（*Studies in Classic American Literature*, 1923）で『タイピー』と『オムー』、さらに『白鯨』を論じたことで火がついた。巽孝之や西谷拓哉が指摘するように、メルヴィルが再評価されるようになった背景には、第一次世界大戦を経て世界の中で大きな位置を占めようとしていたアメリカで自国の文化的成熟度を喧伝するために文学史を構築しようというナショナリズムに関連した動きが起こったこと、さらに、世界的な興隆を見せていたモダニズム文学の作家により彼の文学が評価されたことがあげられる（巽一〇三；西谷七八）。メルヴィルは文学をめぐる潮流の変化を受けて再発見され、その後、F・O・マシーセン（F. O. Matthiessen）らの研究を通してアメリカ文学の正典作家としての地位を与えられた。アメリカの古典的大作家としてのメルヴィルの地位は、一九八〇年代にアメリカ文学における正典の再考の動きが起こった際にも奪われることはなかった。他の白人男性作家の評価が揺らぐ中、彼は、奴隷制などの同時代のアメリカ社会が抱えていた諸問題を批判的にとらえようとしていたとしてむしろ高く評価され、今や「アメリカン・ルネサンスの作家たちの政治的な意義を読み直していく際の、標準原点」（平石 148）にすらなっている。このような再・再評価とでも呼ぶべき時期に、彼の作品における性をめぐる問題も本格的に論じられるようになった。

ジェンダーおよびセクシュアリティの観点からメルヴィル再評価の動きを振り返ってみると、重要な要素がもう一つある。それは性をめぐる言説の変化である。ロバートソン＝ローランによると、再評価が起こった一八八〇年代のイギリスでは、作品に書き込まれていた同性愛的要素に引き寄せられた若者の間で彼はカルト的な人気を博した（Robertson-Lorant, *Melville* 614, 620）。このような動きが起こった十九世紀末は、リヒャルト・フォン・クラフト＝エビング（Richard von Kraft-Ebing）の『性的精神病理』第二版（*Psychopathia Sexualis,* 1887）の発表などを経て異性愛ではないものの病理化が進められ、逸脱的とされるセクシュアリティを想起させるような行動様式にも疑いの目が向けられるようになる時期であった。また、メルヴィルの再評価が本格化した一九二〇年代には、女らしさの規範に抵抗するフラッパーと呼ばれる若い女性がアメリカで登場し、その一方で精神分析が隆盛したことから、ジェンダーやセクシュアリティをめぐる問題に対する関心が社会的に高まっていた。このような背景を踏まえれば、アメリカ人作家メルヴィルは、性の抑圧と解放がせめぎ合う中、作品に書き込まれた規範への抵抗に共感した読者によって再発見されたという見方もできる。

性をめぐる言説の変化を経て再発見をされたメルヴィルは、最初期から晩年にいたるまで、多様な男らしさのあり方や逸脱的なセクシュアリティを持つ男たちを作品に登場させていた。作家としてキャリアを積み重ねるうち、関心の対象や作風を変化させながら、彼は男らしさの諸相を描き続け、男らしさを覇権的な理念に固定させまいと奮闘し続けたのだと言える。

1　メルヴィルが捕鯨航海ものの原稿を夏までは順調に書き進めていたことは、先輩作家リチャード・ヘンリー・デイナに宛てた一八五〇年五月一日付の書簡において、「例の『捕鯨航海』についてですが――作業は半ばまで進んでいます」（*Correspondence* 162）と述べていること、また先に引用した六月二十七日付のベントリー宛ての書簡において「晩秋には新作の準備が整います」（*Correspondence* 163）と述べていることにもうかがえる。

2　このピクニックは、弁護士で文学関係者のパトロンとしてアメリカ文学の創成に尽力した人物でもあるデイヴィッド・ダドリー・フィールドが企画し、マサチューセッツ州ストックブリッジで催されたものである。このピクニックに関しては、イギリス作家の方がアメリカ作家よりも優れているというオリヴァー・ウェンデル・ホームズの主張にメルヴィルが反対して議論になったことも知られている。

3　アランはこの夜逃げについて「スウィフトシャー号でハーマンとニューヨークを出た（家具はオンタリオ曳船に乗せ、メルヴィル夫人とガンスヴォートは前夜に出発していた）――嵐のためコートランドストリート埠頭で一晩足止めされた」（Leyda 45）と日記に記している。ハーシェル・パーカーは、この時のメルヴィルの心情を「それまで数年ごとに行っていたようにより洗練された区画へ引っ越そうとしているのではないのだということが、少年には分かっていた」（*Herman Melville vol. 1* 1）と語り、自分たちは社会的に転落したのだという意識がメルヴィルにあったことを示している。

4　メルヴィルは一八四七年、一八五三年、一八六一年に奉職を試みたが、いずれも失敗に終わっている。

5　メルヴィル再評価の初期の動きとして、メルヴィルと彼を再発見した読者との交流があげられる。一八八四年にメルヴィルはジェイムズ・ビルソンから書簡を受け取り、文通をした――ビルソンは一八八四年八月二十一日付の最初の書簡において、「レスターではあなたの本におおいに需要があると断言できます。あなたの本を手に入れるのに私たちは大変苦労をしました」（Leyda 785）とイギリスでの彼の人気について述べている。さらに一八八九年には、ノヴァスコシアのダルハウジー大学のアーチボルド・マクメッチャンから『白鯨』をはじめとする作品を賞賛する手紙を受け取り（Leyda 817）、彼とも文通している。

おわりに

本書は、これまで筆者が発表してきた研究発表原稿や論文の中から、アンテベラム期の北部白人ミドルクラス社会に浸透していた男らしさの規範から逸脱するものをメルヴィルがどのように探究しているのかについて論じた学位論文（『ハーマン・メルヴィルの小説における「男らしさ」からの逸脱』）をもとにしたものである。論文については以下に初出を掲げる。なお、題は原題である。

第一章 「トンモとは何者か――『タイピー』にける自己の再構築」、欧米言語文化学会編『実像への挑戦――英米文学研究』音羽書店鶴見書房、二〇〇九年。

第二章 「『ホワイト・ジャケット』における身体の傷と男の自己」、『欧米文化研究』第19号、広島大学大学院総合科学研究科欧米文化研究会、二〇一二年。

第三章 「恐怖から畏怖へ――『白鯨』における身体加工とジェンダー」、『F-GENSジャーナル』第10号、お茶の水女子大学二十一世紀COEプログラム「ジェンダー研究のフロンティア」、二〇〇八年。

第四章 「クィークェグとは何者か――『白鯨』における不定形の男性像」、『中国四国英文学研究』第11号（『英文學研究支部統合号』第7巻）、日本英文学会中国四国支部、二〇一五年。

第五章 "Neither a Son nor a Daughter: Ambiguities of Sexuality in Herman Melville's *Pierre, or the Ambiguities,*"『人間文化研究年報』第27号、お茶の水女子大学人間文化研究科、二〇〇四年。

「名は体を表すか？――ハーマン・メルヴィルの『ピエール』における名前とセクシュアリティ」、『F-GENSジャーナル』第4号、お茶の水女子大学二十一世紀COEプログラム「ジェンダー研究のフロンティア」、二〇〇五年。

「貨幣の重み――交換を拒む女と交換される女」、『人間文化創成科学論叢』第10巻、お茶の水女子大学大学院人間文化創成科、二〇〇八年。

また、第四章、第六章、第七章は、平成二十四年度に採択された日本学術振興会科学研究費（若手研究Ｂ）の課題「ハーマン・メルヴィルの作品からみる『ひとつではない男らしさ』に関する研究」（課題番号24720144）が、第五章の一部は、お茶の水女子大学ＣＯＥプログラム「ジェンダー研究のフロンティア」平成十六年度公募採択研究の課題「ハーマン・メルヴィルの作品における男性性の系譜」が基になっている。

本書の執筆に至るまでには多くの方々に一方ならぬお世話になった。まず広島大学大学院総合科学研究科の城戸光世先生からご指導をいただけたおかげで、本書のもととなる学位論文をまとめることができた。さらに城戸先生には、晃洋書房編集部の井上芳郎氏をご紹介いただき、本書が生まれるきっかけを作っていただいた。深く感謝申し上げたい。

研究の道に進んでから、日本アメリカ文学会、日本メルヴィル学会、日本ナサニエル・ホーソーン協会など、英米文学関係の先生方からご教示を賜ってきた。また、前任校の徳山高専と現任校の岩手大学の同僚の皆さんの支援をいただいてきた。全ての方の名前を記すことはできないが、お世話になってきた全ての方に感謝の気持ちを捧げたい。さらにこうして研究を続けられているのは、家族と友人からの物心両面にわたる支えのおかげである。特に「研究」などという得体の知れない世界に入ると決めた私のことを支持し続けてくれた両親と兄には、感謝してもしきれない。

そもそも本書の研究は、お茶の水女子大学大学院人間文化研究科で竹村和子先生に師事することがなければ生まれなかったものである。今の私があるのは、頓珍漢なことばかり言う学生だった私を先生が辛抱強く指導してくださったおかげである。就職後にあらためて学位取得を目指すことにした際も、「やる気になったのは良いことです。ぜひやりなさい」と、先生は背中を押してくださった。はからずもこれが最後のやり取りになってしまったこともあり、「ぜひやりなさい」という先生の言葉は、くじけそうになる度に私を奮い立たせる力を与えてくれた。本書の刊行によって少しでもご恩に報いることができれば幸いである。

最後になったが、担当編集者の井上芳郎さんには本当にお世話になった。本書を出版することができたのは、井上さんがお声がけくださり、入稿まで辛抱強く待ってくださり、子細に原稿を検討し助言をくださったおかげである。心からの感謝の意を表したい。

二〇二一年十一月

髙橋　愛

索　引

サ行

タ行

ナ行

ハ行

マ行

ヤ行

ラ行

ワ行

引用文献

Abrams, Robert E. "*Typee and Omoo*: Herman Melville and the Ungraspable Phantom of Identity." Stern, pp. 201-210.

Anderson, Charles Roberts. *Melville in the South Seas.* Dover Publications, Inc., 1969.

Argersinger, Jane L. and Leland S. Person. "Hawthorne and Melville: Writing, Relationsgip, and Missing Letters." Argersinger & Person, pp. 1-24.

——, editors. *Hawthorne and Melville: Writing a Relationship.* The U of Georgia P, 2008.

Arvin, Newton. *Herman Melville.* Grove Press, 1950.

Barker-Benfield, G. J. *The Horrors of the Half-Known Life: Male Attitudes toward Women and Sexuality in Nineteenth-Century America.* Routledge, 2000.

Bickly, R. Bruce, Jr. *The Method of Melville's Short Fiction.* Duke UP, 1975.

Bode, Rita. ""Suckled by the Sea": The Maternal in *Moby-Dick.*" Schultz & Springer, pp. 181-198.

Bogden, Robert. *Freak Show: Presenting Human Oddities for Amusement and Profit.* The U of Chicago P, 1988.

Boone, Joseph Allen. *Tradition Counter Tradition: Love and the Form of Fiction.* The U of Chicago P, 1987.

Brodhead, Richard H. "Trying All Things: An Introduction to *Moby-Dick.*" *New Essays on Moby-Dick.* Edited by Richard H. Brodhead. Cambridge UP, 1986, pp. 1-21.

Burkholder, Robert E, editor. *Critical Essays on Herman Melville's" Benito Cereno."* G. K. Hall & Co., 1992.

Butler, Judith. *Excitable Speech: A Politics of the Performative.* Routledge, 1997.

Cassuto, Leonard. "'What an Object He Would Have Made of Me!' Tattooing and the Racial Freak in Melville's *Typee.*" *Freakery: Cultural Spectacles of the Extraordinary Body.* Edited by Rosemarie Garland Thomson. New York UP, 1996, pp. 234-247.

Chase, Richard. *The American Novel and Its Tradition.* The Johns Hopkins UP, 1980.

Cott, Nancy. *The Bond of Womanhood: "Woman's Sphere" in New England, 1780-1835.* Yale UP, 1977.

——. "Passionlessness: An Interpretation of Victorian Sexual Ideology, 1790-1850." *A Heritage of Her Own: Toward a New Social History of American Women.* Edited by Nancy F. Cott and Elizabeth H. Pleck. Simon and Schuster, 1979. pp. 162-181.

Crain, Caleb. *American Sympathy: Men, Friendship, and Literature in the New Nation.* Yale, UP, 2001.

Creech, James. *Closet Writing / Gay Reading: The Case of Melville's Pierre.* The U of Chicago P, 1993.

Creighton, Margaret S. "Davy Jones' Locker Room: Gender and the American Whaleman, 1830-1870." Creighton and Noring, pp. 118-137.

——. *Rites and Passages: The Experience of American Whaling, 1830-1870.* Cambridge UP, 1995.

Creighton, Margaret S. and, Lisa Noring, editors. *Iron Men, Wooden Women: Gender and

Seafaring in the Atlantic World, 1700–1920. The Johns Hopkins UP, 1996.
D'Emilio, John & Estelle B. Freedman. *Intimate Matters: A History of Sexuality in America.* 2nd. ed. The U of Chicago P, 1997.
Dillingham, William B. *An Artist in the Rigging: The Early Work of Herman Melville.* The U of Georgia P, 1972.
——. *Melville's Later Novels.* Athens: The U of Georgia P, 1986.
——. *Melville's Short Fiction 1853–1856.* The U of Georgia P. 1977.
Douglas, Ann. *The Feminization of American Culture.* The Noonday Press, 1998.
Dryden, Edgar A. *Melville's Thematics of Form: The Great Art of Telling the Truth.* The Johns Hopkins UP, 1968.
Duban, James. *Melville's Major Fiction: Politics, Theology, and Imagination.* Northern Illinois UP, 1983.
Ellis, Juniper. *Tattooing the World.* Columbia UP, 2008.
Emery, Allan Mooew. "The Topicality of Depravity in "Benito Cereno." *Melville's Short Stories.* Edited by Dan McCall. W. W. Norton & Company, 2002, pp. 303–315.
Etter, William M. *The Good Body: Normalizing Visions in Nineteenth-Century American Literature and Culture, 1836–1867.* Cambridge Scholars Publishing, 2010.
Evelev, John. "'Made in the Marquesas': *Typee,* Tattooing and Melville's Critique of the Literary Masterpiece." *Arizona Quarterly,* vol. 48, no. 4, 1992, pp. 19–45.
Faderman, Lillian. *Surpassing the Love of Men: Romantic Friendship and Love Between Women, from the Renaissance to the Present.* Women's Press, 1985.
Feltenstein, Rosalie. "Melville's Use of Delano's Narrative." *Melville's Benito Cereno: A Text for Guided Research.* Edited by John P. Ruden. D. C. Heath & Co., 1965, pp. 124–132.
Fiedler, Leslie A. *Love and Death in the American Novel.* Criterion Books, 1960.（レスリー・A・フィードラー『アメリカ文学における愛と死』．佐伯彰一，井上謙治・行方昭夫・入江隆則訳．新潮社，1989年．）
Fisher, Marvin. "Narrative Shock in "Bartleby, the Scrivener," "The Paradise of Bachelors and the Tartarus of Maids," and "Benito Cereno." *A Companion to Herman Melville.* Edited by Wyn Kelly. Blackwell Publishing, 2006, pp. 435–450.
Franklin, H. Bruce. *The Wake of Gods.* Stanford UP, 1963.
Gale, Robert. *A Herman Melville Encyclopedia.* Greenwood Press, 1995.
Gilmore, Michael T. *American Romanticism and the Marketplace.* The U of Chicago P, 1985.（マイケル・T・ギルモア『アメリカのロマン派文学と市場社会』片山厚・宮下雅年訳，松柏社，1995年）
Glenn, Myra C. *Campaigns against Corporal Punishment: Prisoners, Sailors, Women, and Children in Antebellum America.* State U of New York P, 1984.
——. *Jack Tar's Story: The Autobiographies and Memoirs of Sailors in Antebellum America.* Cambridge UP, 2010.
Goshgarian, G. M. *To Kiss the Chastening Rod: Domestic Fiction and Sexual Ideology in the American Renaissance.* Cornell UP, 1992.
Gray, Richard. "'All's O'er, and ye know him not': A Reading of *Pierre.*" *Herman Melville: Reassessments.* Edited by A. Robert Lee. Vision, 1984. pp. 116–134.
Greven, David. *Men Beyond Desire: Manhood, Sex, and Violation in American Literature.* Palgrave Macmillan, 2005.

——. *Gender Protest and Same-Sex Desire in Antebellum American Literature: Margaret Fuller, Edgar Allan Poe, Nathaniel Hawthorne, Herman Melville*. Ashgate, 2014.

Haberstroh, Charles J, Jr. *Melville and Male Identity*. Dickinson UP, 1980.

Hardwick, Elizabeth. *Herman Melville*. Viking, 2000.

Hawthorne, Nathaniel. *The Letters*. Edited by Thomas Woodson, L. Neal Smith and Norman Holmes Pearson. Ohio State UP, 1987, pp. 303-305.

Hayford, Harrison. "Unnecessary Duplicate: A Key to the Writing of *Moby-Dick*." *Critical Essays on Herman Melville's Moby-Dick*. Edited by Brian Higgins and Harshel Parker. G. K. Hall & Co., 1992, pp. 479-504.

Hayford, Harrison, Hershel Parker and G. Thomas Tanselle. "Historical Note." *Moby-Dick or the Whale*. Edited by Harrison Hayford, Hershel Parker and G. Thomas Tanselle. Northwestern UP, 1988, pp. 581-756.

Hayford, Harrison and Merton M. Sealts, Jr. "Editors' Introduction." Melville, *Billy Budd*, pp. 1-39.

Heflin, Wilson. *Herman Melville's Whaling Years*. Edited by Mary K. Bercaw Edwards and Thomas Farel Heffernan. Vanderbilt UP, 2004.

Herbert, T. Walter. *Marquesan Encounters: Melville and the Meaning of Civilization*. Harvard UP, 1980.

Higgins, Brian, and Hershel Parker, editors. *Herman Melville: The Contemporary Reviews*. Cambridge UP, 1995.

——, editors. *Critical Essays on Herman Melville's Pierre; or, The Ambiguities*. G. K. Hall & Co., 1983.

Howard, Leon. "Historical Note." *Typee: A Peep at Polynesian Life*. Edited by Harrison Hayford, Hershel Parker, and G. Thomas Tanselle. Northwestern UP, 1968, pp. 277-301.

Howard, Leaon and Herhsel Parker. "Historical Note." Melville, *Pierre, or The Ambiguities*, pp. 365-410.

Irigaray, Luce. *This Sex Which Is Not One*. Translated by Catherin Porter with Carolyn Burke. Cornell UP, 1985.

Jafeé, David. "Some Origins of *Moby-Dick*: New Finds in an Old Source." *American Literature*, vol. 29, no. 3, 1957, pp. 263-277.

Johnson, Barbara. *The Critical Difference: Essays in the Contemporary Rhetoric of Reading*. The Johns Hopkins UP, 1980.

Karcher, Carolyn L. *Shadow Over the Promised Land: Slavery, Race, and Violence in Melville's America*. Louisiana State UP, 1980.

Kelly, Wyn. "*Pierre's* Domestic Ambiguities." Levine, pp. 91-113.

——. "'Tender Kinswoman': Gail Hamilton and Gendered Justice in *Billy Budd*." Schultz & Springer, pp. 98-117.

Kimmel, Michael S. *Manhood in America: A Cultural History*. Oxford UP, 2006.

Lawrence, D. H. *Studies in Classic American Literature*. Cambridge UP, 2014.

Lebowitz, Alan. *Progress into Silence: A Study of Melville's Heroes*. Indiana UP, 1970.

Leverenz, David. *Manhood and the American Renaissance*. Cornell UP, 1989.

Levine, Robert S., editor. *The Cambridge Companion to Herman Melville*. Cambridge UP, 1998.

——. editor. *The New Cambridge Companion to Herman Melville*. Cambridge UP, 2014.

Leyda, Jay. *The Melville Log: A Documentary Life of Herman Melville 1819–1981.* Harcourt, Brace & Co., 1951.

Lombard, Ann S. *Making Manhood: Growing Up Male in Colonial New England.* Harvard UP, 2003.

Martin, Robert K. *Hero, Captain, and Stranger: Male Friendship, Social Critique and Literary Form in the Sea Novels of Herman Melville.* The U of North Carolina P, 1986.

——. "Herman Melville." *The Gay and Lesbian Literary Heritage: A Reader's Companion to The Writers and Their Works, from Antiquity to the Present.* Edited by Clude J. Summers. Henry & Holt Company, 1995. pp. 471–75.

——. "Melville and Sexuality." Levine, *The Cambridge Companion,* pp. 186–201.

Matthiessen, F. O. *American Renaissance: Art and Expression in the Age of Emerson and Whitman.* Oxford UP, 1968.

McCurdy, John Gilbert. *Citizen Bachelors: Manhood and Creation of the United States.* Cornell UP, 2009.

Melville, Herman. "Benito Cereno." *The Piazza Tales,* pp. 46–118.

——. *Billy Budd, Sailor.* Edited by Harrison Hayford & Merton M. Sealts, Jr. The U of Chicago P, 1962.

——. *The Confidence-Man: His Masquerade.* Edited by Harrison Hayford, Hershel Parker, and G. Thomas Tanselle. *The Writings of Herman Melville.* Vol. 10. Northwestern UP and the Newberry Libery, 1984.

——. *Clarel; A Poem and pilgrimage in the Holly Land.* Edited by Harrison Hayford, Alma A. MacDougall, Hershel Parker, and G. Thomas Tanselle. *The Writings of Herman Melville.* Vol. 12. Northwestern UP and the New berry Library 1991.

——. *Correspondence.* Edited by Lynn Horth. *The Writings of Herman Melville.* Vol. 14. Northwestern UP, 1993.

——. "Hawthorne and His Mosses." *The Piazza Tales and OtherPieces,* pp. 239–253.

——. *Israel Potter; His Fifty Years of Exile.* Edited by Harrison Hershel Parker, and G. Thomas Tanselle. *The Writings of Herman Melville.* Vol. 8. Northwestern UP and the Newberry Library. 1982.

——. *Mardi; and A Voyage Thither.* Edited by Hartison Hayford, Hershel Parker, and G. Thomas Tanselle. *The Writings of Herman Melville.* Vol. 3. Northwestern UP and the Newberry Library, 1970.

——. *Moby-Dick; or, The Whale.* Edited by Harrison Hayford, Heshel Parkor, and G. Thomas Tanselle. *The Writings of Herman Melville.* Vol. 6. Northwestern UP and the Newberry Library, 1988.

——. *Moby-Dick. or, The Whale.* Edited by Hershel Parker & Harison Hayford. 2nd. ed. W. W. Norton & Company, 2002.

——. *Omoo: A Narrative of Adventures in the South Seas.* Edited by Harrison Hayford, Hershel Parker, and G. Thomas Tanselle. *The Writings of Herman Melville.* Vol. 2. Northwestern UP and the Newberry Library, 1968.

——. *Pierre, or, The Ambiguities.* Edited by Harrison Hayford, Hershel Parker, G. Thomas Tanselle. *The Writings of Herman Melville.* Vol. 7 Northwestern UP, 1971.

——. "The Paradise of Bachelors and the Tartarus of Maids." *The Piazza Tales and Other Prose Pieces,* pp. 316–335.

——. *The Piazza Tales.* Edited by Harrison Hayford, Alma A. MacDougall, G. Thomas Tanselle and others. *The Writings of Herman Melville.* Vol. 9. Northwestern UP and the Newberry Library, 1987.

——. *Published Poems: Battle-Pieces, John Marr, Timoleon.* Edited by Robert C. Ryan, Harrison Hayford, Alma MacDougall all Reising, and G, Thomas Tanselle. *The Writings of Herman Melville,* Vol. 11. Northwerstern UP and the Newberry Library, 2009.

——. *Redburn, His First Voyadge: Being the Sailor-boy confessinons and Reminiscences of the Son-of-a-Gentleman, in the Merchant Ship.* Edited by Harrison Hayford, Hershel Parker, G. Thomas Tanselle. *The Writings of Herman Melville.* Vol. 4 Northwestern UP and the Newberry Library, 1969.

——. *Typee: A Peep at Polynesian Life.* Edited by Harrison Hayford, Hershel Parker and G. Thomas Tanselle. Northwestern UP and the Newberry Library, 1968.

——. *White-Jacket, or, The World in a Man-of-War.* Edited by Harrison Hayford, Hershel Parker, & G. Thomas Tanselle. *The Writings of Herman Melville.* Vol. 5 Northwestern UP and the Newberry Library, 1970.

Milder, Robert, editor. *Critical Essays on Melville's Billy Budd.* G. K. Hall & Co., 1989.

Miller, Edwin Haviland. *Melville.* New York: G. Brazziller, 1975.

Mueller, Monika. *"This Infinite Fraternity of Feeling": Gender, Genre, and Homoerotic Crisis in Hawthorne's The Blithedale Romance and Melville's Pierre.* Fairleigh Dickinson UP, 1996.

Mumford, Lewis. *Herman Melville.* The Literary Guild of America, 1929.

Newman, Lea Bertani Vozar. *A Reader's Guide to the Short Stories of Herman Melville.* G. K. Hall & Co., 1986.

Noring, Lisa. "Ahab's Wife: Women and the American Whaling Industry, 1820-1870." Creighton and Noring, pp. 70-91.

Otter, Samuel. *Melville's Anatomies.* U of California P, 1999.

——. ""Race" in *Typee* and *White-Jacket.*" Levine, *The Cambridge Companion,* pp. 12-36.

Parker, Hershel. *Herman Melville: A Biography Vol. 1, 1819-1851.* The Johns Hopkins UP, 1996.

——. *Herman Melville: A Biography Vol 2, 1851-1891.* The Johns Hopkins UP, 2002.

——. *Reading Billy Budd.* Northwestern UP, 1990.

Post-Lauria, Sheila. *Correspondent Colorings: Melville in the Marketplace.* U of Massachusets P, 1996.

Pullin, Faith. "Melville's *Typee*: The Failure of Eden." Edited by Faith Pullin. *New Perspectives on Melville.* Edinburgh UP, 1978. pp. 1-28.

Reynolds, David S. *Beneath the American Renaissance: The Subversive Imagination in the Age of Emerson and Melville.* Harvard UP, 1988.

Robertson-Lorant, Laurie. *Melville: A Biography.* Amherst: U of Massachusetts P, 1998.

——. "Mr. Omoo and the Hawthornes: The Biographical Background." Argersinger and Person. pp. 27-49.

Rogin, Michael Paul. *Subversive Genealogy: the Politics and Art of Herman Melville.* U of California P, 1985.

Rotundo, E. Anthony. *American Manhood: Transformation in Masculinity from the Revolution to the Modern Era.* BasicBooks, 1993.

Rubin, Gayle. "The Trafic in Women: Notes on the 'Political Economy' of Sex." *Toward an Anthropology of Women.* Edited by Rayna R. Reiter. Monthly Review P, 1975. pp. 157–210.

Ruland, Richard. "Melville and the Fortunate Fall: *Typee* as Eden." Stern, pp. 183–192.

Samson, John. *White Lies: Melville's Narratives of Facts.* Cornell UP, 1989.

Sanborn, Geoffrey. *The Sign of the Cannibal: Melville and the Making of a Postcolonial Reader.* Duke UP, 1998.

——. *Whipscars and Tattoos:* The Last of the Mohicans, Moby-Dick, *and the Maori.* Oxford UP, 2011.

Scorza, Thomas J. "Tragedy in the State of Nature: Melville's *Typee.*" Stern, pp. 226–43.

Schiffman, Joseph. "Melville's Final Stage, Irony: A Re-examination of *Billy Budd* Criticism." Milder, pp. 46–50.

Schultz, Elizabeth and Haskell Springer, editors. *Melville and Women.* The Kent State UP, 2006.

Sealts, Merton M. Historical Note. Melville, *The Piazza Tales and Other Prose Pieces,* pp. 457–533.

Seelye, John. *Melville: The Ironic Diagram.* Northwestern UP, 1970.

Sedgwick, Eve Kosofsky. *Between Men: English Literature and Male Homosocial Desire.* Columbia UP, 1985.

——. *Epistemology of the Closet.* U of California P, 1990.

Silverman, Gillian. "Textual Sentimentalism: Incest and Authorship in Melville's *Pierre.*" *American Literature,* vol. 74, no. 2, 2002, pp. 345–372.

Smith-Rosenberg, Carroll. *Disorderly Conduct: Visions of Gender in Victorian America.* Oxford UP, 1985.

Stern, Milton R., ed. *Critical Essays on Herman Melville's* Typee. G. K. Hall & Co., 1982.

——. *The Fine Hammered Steel of Herman Melville.* U of Illinois P, 1968.

Thomson, Rosemarie Garland. *Extraordinary Bodies: Figuring PhysicalDisability in American Culture and Literature.* Columbia UP, 1997.

Thorp, Willard. "Historical Note." *White-Jacket or The World in a Man-of-War.* Edited by Harrison Hayford, Herhsel Parker and G. Thomas Tanselle. Northwestern UP, 1970. 403–440. Print.

Tsuji, Shoko. "Melville's Criticism of Slavery: American Hispanophobia in "Benito Cereno." *Melville and the Wall of the Modern Age.* Edited by Arimichi Makino. NAN'UN-DO, 2010, pp. 121–142.

Vincent, Howard P. *The Tailoring of Melville's* White-Jacket. Northwestern UP, 1970.

Watson, E. L. Grant. "Melville's Testament of Acceptance." Milder, pp. 41–45.

Weaver, Raymond. *Herman Melville: Mariner and Mystic.* George H. Co., 1921.

——. "The Highest Kind of Happiness." Milder, pp. 37–38.

Welter, Barbara. *Diminity Conviction: The American Woman in the Nineteenth Century.* Ohio UP, 1976.

Wenke, John. "Melville's *Typee*: A Tale of Two Worlds." Stern, pp. 250–258.

Witherington, Paul. "The Art of Melville's *Typee.*" *Modern Readings:* Typee, Omoo, Mardi, Redburn, White-Jacket, Moby-Dick. Edited by A. Robert Lee. Helm Information, 2001, pp. 30–40.

Wyllie, Irvin G. *The Self-Made Man in America: The Myth of Rags to Riches.* Rutgers UP,

1954.
Zoellner, Robert. *The Sea-Salt Mastodon: A Reading of Moby-Dick.* U of California P, 1973.

荒このみ.「〈バーボ〉，その攻撃的沈黙の視線」.『メルヴィル後期を読む』. 中央大学人文科学研究所編，中央大学出版部，2008年，pp. 45-78.
桂田重利.「『ピエール』の仮面」.『仮面とフィクション――東田千明教授喜寿記念』. 須加有加子編. 山口書店，1987年，pp. 211-234.
倉塚平.『ユートピアと性――オナイダ・コミュニティの複合婚実験』. 中央公論新社，2015年.
ジョーンズ，アン・ハドソン編著.『看護婦はどう見られてきたか――歴史，芸術，文学におけるイメージ』. 中島憲子監訳. 時空出版，1997年.
竹村和子.『愛について――アイデンティティと欲望の政治学』. 岩波書店，2002年.
巽孝之.『モダニズムの惑星――英米文学思想史の修辞学』. 岩波書店，2013年.
常山菜穂子.「リチャード三世の身体とアメリカン・ルネサンス」.『視覚のアメリカン・ルネサンス』. 武藤脩二・入子文子編. 世界思想社，2006年，pp. 54-74.
西谷拓哉.「一九二〇年代のメルヴィル・リヴァイヴァル再考」.『白鯨』. 千石英世編. ミネルヴァ書房，2014年，pp. 77-91.
橋本安央.「エイハブの涙」.『アメリカン・ルネサンス――批評の新生』. 西谷拓哉・成田雅彦編. 開文社，2013年，pp. 345-360.
平石貴樹.『アメリカ文学史』. 松柏社，2010年.
フィードラー，レスリー・A.「フィクションと大衆文化に見る看護婦のイメージ」. ジョーンズ，pp. 102-119.
福岡和子.『変貌するテキスト――メルヴィルの小説』. 英宝社，1995年.
――.『他者で読むアメリカン・ルネサンス――メルヴィル・ホーソーン・ポウ・ストウ』. 世界思想社，2007年.
本合陽.『絨毯の下絵――十九世紀アメリカ小説のホモエロティックな欲望』. 研究社，2012年.
森田勝昭.『鯨と捕鯨の文化史』. 名古屋大学出版局，1994年.
八木敏雄.『『白鯨』解体』. 研究社，1986年.

《著者紹介》

高橋　愛（たかはし　あい）

宮城県生まれ。
広島大学大学院総合科学研究科博士後期課程修了，博士（学術）。
現在，岩手大学人文社会科学部准教授。

主要業績

『実像への挑戦――英米文学研究』（共著，音羽書房鶴見書店，2009年）
『言語学，文学，そしてその彼方へ――都留文科大学英文学科創設50周年記念論文集』（共著，ひつじ書房，2014年）
「クィークェグとは何者か――『白鯨』における不定形の男性像」（『英文學研究支部統合号』7巻，日本英文学会，2015年）
「『どこか女性的なところ』――ホリングズワースに反映されるジェンダー規範」（『フォーラム』23号，日本ナサニエル・ホーソーン協会，2018年）

「男らしさ」のイデオロギーへの挑戦
――ジェンダーの視点からメルヴィルを読む――

2022年1月30日　初版第1刷発行　　＊定価はカバーに表示してあります

著　者　高　橋　　愛

発行者　萩　原　淳　平
印刷者　江　戸　孝　典

発行所　株式会社　晃　洋　書　房
〒615-0026　京都市右京区西院北矢掛町7番地
電話　075(312)0788番(代)
振替口座　01040-6-32280

装丁　吉野　綾　　　印刷・製本　共同印刷工業㈱

ISBN978-4-7710-3561-4